現代こども詩文庫　1　山中利子詩集

もくじ

詩篇

詩篇

『早春の土手』から

小さな街

角を曲がるとバラの垣根があった
バラはやわらかい微笑のようなピンク色だった
そこは歯医者の家で白いペンキの診療案内板にも
バラがからまって咲いていた
石段に少女が腰かけていた
少女は診察券を手に持ったまま
バラの花に頬を寄せて深く香りを吸いこんでいた
短いすそのワンピースから長い脚がでていて
門の敷石にふれていた

私が通りかかると少女は一層深くバラの中に頬をうずめた
通り過ぎてから
蝶のようにも思えてきた

五月に

もう多分　ながくはないだろうひとが
注射のあと　あたりまえに世間話をして
それからすこし
くもった顔つきになって
あんまり調子が良くないんです
もうずい分長く治療に通っているのに
食欲も出なくてねえ
などというと
看護婦はつい悲しそうな目付をしてしまう
それから急いで笑顔にかえて
さあ元気を出して
がんばって
よくなったり

悪くなったりしながら
病気って治るものなんですよ
などと言いながら
扉の外へ背中をおし出してしまう

さわやかにこいのぼりが泳いでいる
五月の空に
すでに視界にはないその患者が
おし出されて
ふうわりと
とびあがっていくように
錯覚する

ある日

電車に乗った
止まっているのに
電車はシーソーのようにしばらくゆれた
それから
しーんと息をひそめて待っていたようだった
女学生が二人乗り込んできて
ヒソヒソと何か立ったまま話し始めると
ガタンとゆれて走りはじめた
透明な空気の中へ
雪縞模様の明るい郊外の風景のほうへ
はやる心を抑えて
だんだんと　だんだんとスピードを増しながら

電車はどこへ行きたかったのだろう
まばらに座った人々は動かず
電車ばかりが生きて
冬を突き抜けそうに走った
夢のような風景の中へ

『空にかいた詩』から

雨つぶ

雨は　雲から　とびおりる
それっと一気に　落ちていく
落ちるとちゅうで　考える
こんなはずではなかったよ
もっとかっこよくいくはずだった
どうしよう
どうしよう
もどるわけにはいかないし
きえちゃうわけにもいかないし

ただただ　おちるばっかりの
雨つぶの
ながい　ながい
なが――――い
一しゅん
ほんのまばたきするまだよ

タンポポのわたげ

タンポポのわたげが
電車のまどから入ってきた
ビロードの座席に
ふわりとこしかけてみた
だけど
なんだかはずかしい
青いスカートにつかまって
次の駅でおりていった

きつね

雲をみても
花をみても
きつねはさびしい

鳥をからかっても
うさぎをおいかけても
きつねはさびしい

きつねは
母さんに別れたばかり
きつねは今日からひとりです
　風の吹く丘をいくのです

沖縄のヤドカリ

白い砂浜の沖縄の海から
サンゴのかけら
ハナマルユキガイ
きれいな貝がらをひろってきた

東京のうす暗い蛍光灯の下のテーブルに
小さな貝たちを並べたら
あれっ
一つが足を出して動き出した
ヤドカリだあ

ヤドカリは　海をさがしてあるいていく
白い砂浜　青い海

波によせられたサンゴのかけらが
波がひくたび
チリチリ　チロチロ　うたう浜辺に
帰りたい
帰りたいようと
ヒョコヒョコ
ヨロヨロ
一心に

ヤドカリのお家は
まっ白だ

ぶどう

きれいなぶどうをたべました
ちいさなたねをのんだとき
たねがめをだしのびてきて
ぶどうのつるがはえました
ぼくの口からつるがのび
どんどん大きくなりました

ぼくはぶどうの木になって
みどりのはっぱをつけました
両手を大きくひろげると
ハチや小鳥もやってきて
ぼくのまわりはにぎやかで
それからぶどうがなりました

ぶどう　ぶどう
すきとおるぶどう
ぼくはうれしく　たべました
きれいなぶどうを
たべました

ちいさなたねをのんだとき
たねがめをだしのびてきて
ぼくはまたまた
ぶどうの木

たき火

夜中　木の根を燃やし続ける
カンテラを木の枝につるし
しずかにお酒をのんでいる
眠れない人がやってきて
そこらの枯れ枝などくべながら
しゃがみこんでこんばんわなどといってくる
どちらからなどときいてみる
どこからでもないところから
どこへというあてもないままに
毎日旅をしているんです
ふっとそんなことをいって
その人はぼんやり消えてしまう
木の根はとろとろ燃えている

バラ

バラにはとげがあるけれど
バラはとげまでりっぱです
赤いするどいとげはじて
バラは　苦しく咲いたけど
大きな吐息の　かぐわしさ

バラにはとげがあるけれど
バラはとげまでりっぱです
紅いきれいな花のかげ
とげは　はげしく待っている
さされる指の　うつくしさ

もじずり

もじずりは
かたくつぼみを　とじている
静かに　雨に　ぬれている
雨のしずくが　おりていく
つぼみの　らせんかいだんを

霧の中　夜が明けて
光の中　のぼっていく
朝もやが　ゆるゆると
開きかけた　もじずりの
花のらせんかいだんを

スイートピィ

花はちょうにはなれません
ちょうになりたいスイートピィ
花はちょうにはなれません

ちょうになりたい
スイートピィ

さんぽねこ

朝つゆふんで散歩の途中
低くとんでるちょうちょにであった
「やあ　おはよう　もんしろちょうさん」
握手しようと右手をあげたら
ちょうはまっ白になってとびあがり
「いやなかた・だ・い・き・ら・い」
と空にかいていった

あげた右手に困ってしまって
しかたがないからひとやすみして
草かげで
朝のおけしょうのやりなおし

生まれた時

生まれた時のこと
思い出そうと
いっしょうけんめい考えた

くらくって
ふわふわしていて
どうしても思い出せない
大人になったら　きっと
思い出せる
と思って
ねむった

家

パパのとなりに
ママが　ねている
ママのとなりに
赤ちゃんが　ねている
赤ちゃんのとなりに
ねこが　ねている
ねこのとなりに
小鳥が　ねている
小鳥のとなりに
金魚が　ねている
目がさめると
金魚は
金魚鉢で泳いでいて

小鳥は
鳥かごでうたっていて
ねこは
大きなせのびをしていて
ママは
めだまやき作っていて
パパは
しんぶん広げていて

赤ちゃんだけが
まだまだねている

『だあれも　いない日』—わたしのおじいちゃん　おばあちゃん—から

のはら

おばあちゃんと
のはらのこみちをあるいていた
バッタが　ぴょっこり　とんでてる
チョウチョウが　ちらちら　みえかくれする
草がゆれて
すばやく道を横切ったもの
あれは　イタチにちがいない
それから　石の上でひなたぼっこの
小さいヘビ

ちょろりとおりて　するするかくれた
「おしっこしたくなっちゃった　おばあちゃん」
おばあちゃんは　あちこちみまわして
「しゃがんでここにしなさいね
ヘビがこないように
こうして草をがさがさいわせてあげるから」
といった

ヘビはあなのなかにすんでいる
わたしはなんだかこわかった
おしっこは　わたしの小さなあなから　ほとばしりでる

でてくるおしっこ
いそいで　いそいでいそいで　いそいで
でちゃいなさい

くさけいば

森をぬけると
草原がひろがっていた
赤や白　くすんだ藍
たくさんのはたがひるがえって
おまつりのように　人がいた
ちかくでみると　馬はとても大きかった
つやつやひかって　うつくしかった
いないいて　首を上にあげようとする馬
ドウドウ　ドウとたづなをひいて
なだめている人
やがて一列にならんで
むこうから　どどっとかけてきた
地ひびきと
なびくたてがみと　風

わたしは　いきをのんでみていた
馬はげしくいきをはいた
そのひかるからだにさわりたかった

おじいちゃんは　よしよしといって
馬丁の人になにかたのんだ
わたしはだきあげられ
そうっと馬のわきばらを
さわらせてもらった
汗にぬれて　かたい毛だった
くり色の馬だった
やさしい目をしていた
夜　ねむれなかった
馬のまつげとふかい瞳が
ねむろうとすると
うかんできた

ぞうきんのこと

朝と晩　仏だんの前にすわって
お経をあげるおじいちゃん
わたしもそのうしろに正座して
おじいちゃんの真似をしてとなえた
「ボロボロのゾウキンをナゲステテー
ただいっしんに
ミダのねんぶつをとなえればあー」
といいながら
わたしははしって
えんがわのぞうきんをとってきて
うしろにほうりなげた
みんなはわらったけれども
おじいちゃんはお経をあげつづけるのだった

「モロモロのゾウギョウをナゲステテー」
ときどき　とおくになげすぎて
庭におちてしまったぞうきんを
わたしは　ひろいにいかなければならなかった

水晶のくびかざり

町の大通りに時計屋があった
ショウウインドーには　くびかざりがひかっていた
「あのくびかざりが　ほしいよう」
わたしは　おばあちゃんの手をひっぱっていった
「だめだめ　あれはおとなのもの」
と　おばあちゃんはいった
「おとなになるまで　しまっておくから」
「だめ　おもちゃじゃないの」
どうしてもどうしても　ほしくてならない
道にひっくりかえって　わああないた
いつまでもそうやってないていた
こまってしまったおばあちゃんは　いろんなことをいった
かわりにかってくれるもののなまえ

ままごとの道具　おかし　ビロードの洋服……
きいているうちに　雲がとぎれてお日さまが顔をだした
青い空だった
大きなイチョウの木の下にわたしは大の字
黄色いイチョウの葉がいっせいにひらひらした
なんというまぶしさだったろう
わたしはそのとき　くびかざりのことをわすれた
おばあちゃんに空をゆびさし
「きれいだから　みて」といった
おばあちゃんも　大きな木をみあげた
うつくしい秋の日だった

犬のたろう

おじいちゃんと犬のたろうと
となり村にいった
たろうは　わたしたちのあとになったり
さきになったりした
けれども　ひとこえよぶと
すぐにびゅうっとはしってきた
踏切をわたろうとしたとき汽車がきた
たろうは　踏切のむこうがわだった
「たろう　たろう」
おもわず　たろうをよんでいた
すると　おじいちゃんが
「よぶな」といった
「おまえがよぶと

たろうはどんなことがあっても
はしってくる
汽車にぶつかってもいいのか」
ごうごうと車両はつづく
わたしの胸は　はやがねのよう
わたしは目をとじ口もむすんで
「こないで　こないで　たろうこないで」
汽車のむこうのたろうのぶじを
ねがいつづけて　なきじゃくった

虫

おてあらいの前の
うすぐらいろうかを
くろい虫が　いったりきたりしている
「こわいよ　おばあちゃん、虫がいる」
「虫なんか　またいでいきなさい」
「またげないの　いったりきたりしてて」
おばあちゃんが　はりしごとをやめてきてみたら
虫はいなかった
かわりに電灯のひもが　ぶらんぶらんゆれていて
そのかげが　ろうかにうつっていた
せわしく虫がうごいているようにみえるのだった
さっきは　ほんとに虫だったよ
どうしてひものかげなんかにばけたのだろう

ふざけっこ

おじいちゃんは　忍者のはなしをする
わたしをへこおびでぐるぐるまきにしてしまう
忍者なら　するりとなわをぬけられる
やってごらんとふざけていう
ころがったり　むすびめのところを口でくわえたり
手足をうごかしているうちに
おびは　ゆるんでほどけてしまう
「ほうら　できた」
わたしはとびあがって　ばんざいして
おじいちゃんのせなかにとびつく

こんどはおじいちゃんをぐるぐるまきにしてしまう

だあれもいない日

みいちゃんやときちゃん
かずくんしんいち
みいんなにげていってしまった
わたしがたんぼにおちたとき
わあわあないてたちあがったとき
「まこちゃんのおじいさん　おっかないぞう」
だれかが　そうさけんでかけだしたのだ
なきながら家にかえったが
だあれもいなかった
おじいちゃんもおばあちゃんも
まだかえってはいなかった
ふたりでしんせきの家にいったのだった
いっしょにいこうといわれたのに

「みいちゃんたちとあそんでいるんだ」
と　だだをこねていかなかった
ええん　ええん
ないていると
とまろうとしてやってきたトンボも
みんみんないていたセミも
大きい黒いアゲハチョウも
みいんな　やっぱりとびさっていった
じりじりとさす陽の下で
時はとまったようになり
ぶどうだなのかげ
いちじくのはのそよぎ
たただだしいんとしずまりかえって
どんな物音もきこえなかった
わたしのなき声のほかには

参観日

しんとした教室
先生もみんなもすこしおすましして
かきとりをしていたとき
「まこちゃあん」
と　ろうかのまどからこちらをのぞいて
大きい声で　わたしをよんだしらがのひと
みんないっせいにふりかえった
くすくす　げらげら　わっはっはは
教室中が　わらいだした
先生もおかあさんたちも
みいんなわらって
きえてしまいたかったわたし

「おばあちゃん　ここにいるからね」
おばあちゃんは　わたししかみえない
おばあちゃんは　わたしをみつけてとくいになって
うれしいだけなのだ
おばあちゃんのバカバカ　だいっきらい
おばあちゃん　もう学校には
こないでよ

ねむるとき

おじいちゃんとおばあちゃんの　まんなかにねる
おばあちゃんはわたしをだいて
せなかをとんとんとんたたく
わたしがねむってしまったとおもうと手は
とまる
ふたりはしずかに話をしている
「まなべのとくさんは　どうしたろう」
と　おばあちゃんがいう
「とくさんは　死んだよ」
と　おじいちゃんが答える
「やきちさんは　たっしゃだろうか」
「上野村のやきちさんも二年半まえ死んだ」
「そんじゃ　おしずねえさんは」

「おしずさんはなあ　どうしているだか
死んだかもしれねえなあ
わしより四つも上だから」
ふたりは死んだ人のことばかりかぞえあげて
そろって
「なんまんだぶ　なんまんだぶ」
と　ひくくつぶやく
死んでしまった人たちが
わたしの上をいったりきたりする

おじいちゃんのとっこうやく

百日ぜきがなおったあとも
せきがなかなかとまらなかった
まわたなんかを首にまかれて
えんがわで絵本をみていたら
ヤツデやアオキの木のかげから
おじいちゃんがふっとでてきた
「さあ　おくすりだ　口をあけて」
あーんと大きく口をあけたら
いつものあめだまではなかった
どろっとした小さいかたまり
おじいちゃんは　コップに水ももっていた
「なあんだ　ほんとのおくすりかあ」
でもお医者さんのこなぐすりでもない

えんがわのてんじょういちめんにぶらさがっている
やくそうでもない
おじいちゃんのせきのくすりって
すばらしくよくきくとっこうやくって——
あとでわかった
あれはナメクジの小さいの

ナメクジは　ときどき
わたしのおなかのなかをさんぽした
わたしのおなかのなかには　草も木もないのに

おじいちゃんは
「おまえのせきをとめてナメクジはとうにでていったよ」
と　いうけれど
わたしはもう
けっして

おじいちゃんのおくすりはのまない
あめだまだよって
大きな手をひらいて
みせてくれても

おばあちゃん

ひばちに小さいしわしわした手をかざしていた
ほんとにかわいいきれいな手で
かさかさとかすかに音がしそうだった
炭火の上にあるもちやきあみには
白いおもちがのっていて
おもちをかえすとき
その手はとてもすばやくうごくのだった
じっとみつめていると
いつのまにかひざの上にだきあげられていて
その手はわたしのおでこをたたき
はなをかるくつまんでうたうのだった
「でこひっこめ　はなたかくなれ
まこちゃんのでこひっこめ　はなたかくなあれ」

夕ぐれの風

ひぐれになると
いつでも門口にたっていた
夕焼けをみている小さい黒いシルエットのおばあちゃん
そばにいくと　まだとおりはすこし明るくて
村びとたちがのらがえりにあいさつしてとおるのだった
「おばんです」
「はあ　おかえりなさんせ」
「おやすみなさいまし」
西の空へさいごのカラスもかえっていく
夕焼けもすっかり消えて夕やみがおりてくる
黒々と森がちかづく
寒いさびしい風が肩をなでる
いつまでもそうして

日のしずんだほうをみているおばあちゃん
犬のたろうが手をなめにきても
じゃれかかっても
たちつくしたまま
あちらのほうに何かあるのだろうか

わたしもだまってたっていた
おばあちゃんが気がついて
わたしの手をとってくれるまで

病気

おばあちゃんは　かわってしまった
たった一日のうちに
手足がうごかなくなるなんて
夜　おてあらいでたおれてから
おきあがれない
手も足も　うごかない
おじいちゃんが　おかゆをたべさせている
ふたりとも　なれていないのでうまくいかない
「へったくそ　あたしだったらもっとじょうずにできるのに」
「そうさよなあ　かわれるものならかわってやりたいよ」
ほんとにふたりとも
しみじみそうおもっている

なくなるとき

おじいちゃんも　死んだ
ありがたい　ありがたい
しあわせだったといって
死んだ
いたい足腰　さすってもらって
孫に手足をさすってもらって
往生できるなんて　しあわせだよ
ああ　ありがたい　ありがたい

ほんとに　おじいちゃんは
そう　いったんだよ

ままごとあそび

家のちかくに　おはかがあった
おはかは　小さい石造りの町のようで
いつも　しずかに陽がさしているのだった
おばあちゃんとおじいちゃんのおうち
おとなりのあかちゃんのおうち
おむかいも　そのおとなりも
しんとして　きれいだった
わたしは　野の花をつんできてかざり
どろまんじゅうをつくって
あちこちにそなえ
石段にこしかけて
どろのおまんじゅうや　はなびらのごはん
みえない人たちにすすめてはたべた

黒いアゲハがのぞきにきたり
銀色のトカゲがみかげ石のうえ
首をかしげてじっとしてたり
おきゃくはつぎつぎにやってきた

みえない人たちの目くばせのように
緑の葉かげがちらちらしていた

雲

空の雲をみていると
雲がねがうのか
わたしがねがうのか
かんがえているものに
雲はかたちをにせてくる
はたけをたがやすおじいちゃん
あねさまかぶりのおばあちゃん
鳥になり
舟になり
どんどんながれ
くずれてながれ
きえていく

『こころころころ』から

ちょう

雨の日には
ちょうちょは葉かげでやすんでます
羽をきちんとふたつにたたんで
目をとじて
うずまきの口もむすんで
でも
ときには
あめのしずくを　こっそりと
なめてみたりもしています

たべちゃうぞ

たべちゃうぞ
ごはん　ぱくぱく
たべちゃうぞ
おはしでさかなも
たべちゃうぞ

たべれば　ぐぐんとおおきくなって
どどどんどんどん　おおきくなって
おうちをつきぬけ　そらまでとどき
うかんでいる雲　ちょちょいととって
デザートわたがし　はっかあじ
あちらの雲はシャーベット
ほあんほあんと　たべちゃうぞ

たべちゃだめ

たべちゃだめ
わたしのおでこ
ほっぺ　あし
たべちゃいたいって
とうさんがいうけど
たべちゃだめ
わたしのおしりも
手もあしも
わたしのものよ
たべちゃだめ

樹上のねこ

木の上で昼寝している猫
緑色に染まってしまいそう
木漏れ日がちらちらして
ぶちねこは眠りながら笑っている
ふっと枝がゆれると
鳥みたいに飛び上がろうとして
おや、鳥ではなかったと
ながあいだんだらもようのしっぽを
ぱたり
またうとうとと目を閉じてしまう
栗の木の葉陰で
何かを待っていたのも忘れて
みどりいろに
すけていく

すきだってことは

「すきなんだ」
へびがかえるをまちぶせして
「すきなんだ」って
告白したけど
かえるは
たべられちゃったのさ

すきだってことは
たべちゃいたいってことなんだって

ライオンは　しまうまを
うさぎは　クローバーを
とうさんは　かあさんを
すきなんだよ

こねこ

私の子猫やんちゃなぼうや
いつでも私にすりよって
だっこが大好き甘えん坊や
すぐにひざの上に乗りたがる
ある夜おふろに入ったら
ドアのすきまから入ってきて
みゃうみゃうだっこといいながら
ジャンプして
ひざに飛び乗った
ところがそこはふろの中
ボッチャン、ジャブジャブ
アップアプ
もがいて、泳いで大あわて

子猫は私をひっかいて
おふろのふちに手をかけて
やっとのことでよじ登り
とびあがって
ブルブル
逃げてった

びしょぬれ子猫の
おばかさん
小さな花の足跡
ちょんちょんちょんちょん

あした

あした　遠くに行ってしまおう
あるいて　歩いて
すこしはやすんで
あるいていくと
お日さまがでて
風もすこしは　ふいてきて
のら犬なんかもあるいてきて
こんにちは　わんわん
いっしょにいこうよっていうかもしれない

あるいていくと
川にであって
さかななんかもおよいでいて

ちいさな舟もうかんでいて
いぬとぼくとは舟にのるんだ
いぬはしっぽでつりをしながら
ぼくは　くちぶえふきながら
とおくへ　とおくへいってしまおう

しかられた時
考えること
けんかしたとき
おもうこと

風とハンカチ

風がすき
風に向かって手を広げてそう言ったら
風は私をさらっていった

風につかまって飛び去るとき
ハンカチを振った
ハンカチはみみを押さえて
ピュルルウンとうなって舞い上がっていった
雲を包んでみるんだって

雲ってハンカチよりもっと大きい
ハンカチは今
雲の上にチョコンと乗っかって

私が行って腰をおろすのを
待っている
風といっしょに
あそこまで行ってみよう

ミルク

あたためたミルクに
さとうをすこしいれる
おなかがほっと　あたたかくなる
ミルクいろのもやの中
牧場でねむるゆめをみる
かれ草のなか
おひさまのにおい

空にうかんだ白い雲
牛がないて
ヒバリがまいあがって
春の風がかみをなでる
それからかあさんの手のにおいも

ミルクの中には
なくしたものたちがいる
やさしいうたをうたっている

いちょう並木

いちょうの並木に新芽がびっちり
銀色の露のように光ってついた
月は並木までおりてきたが
並木の枝にひっかかってしまった
千万本の新芽の枝は
月をささえて
月を
ころがしている

光の粉がこぼれて
並木の新芽がいっそう光る
ボールおくりのように　月は

おくられて
ようやっと空にのぼった
春の月には
いちょうの枝の銀色の
ひっかききずが
すこし
　ついてる

雨の後
（秋晴れの日）

秋がまばたきする
野原が光る
犬がかけていく
草原を風がわたる
ススキの穂がしきりにうなずく
見上げると
ほんとに青い空
空の上では
雲を耕している人がいる
白い雲の老人だ
耕しながら遠くに見えなくなる

雲の畑
見渡す限りの白い畝に
きらりと光るのは
きんのくわらしい

霊安室で

バケツに熱い湯を七分目
クレゾール液をほんの数滴
白衣のそでをまくりあげ
白いタオルをきつく絞る
手足はすでに冷たくて
死後硬直は始まっている

穴という穴に綿花をつめ
すべての体液を押しとどめ
全身隈なくていねいに拭く
背中をかえす時には素早くやる
生きていた時の温かみが

まだほんのりと残っていて
それがなんともぞくっとくるのだ

こちらを見ている
大きな瞳
見開いたまま死ぬ人もあるのだ
瞼をゆっくりと閉じてあげる
これから先はあちらをみるのだ
うっすら開けてる口元も
顎関節《がくかんせつ》を押しあげて
きりりとさらしで固定する

明日は焼かれて
なくなってしまう体が
いかにも重々しくここにある
この人はもう意志もなく

うなずくことも
微笑むこともなく
感覚もなく
ただただごろんと横たわっている
このへそのくぼみ
盲腸の手術の傷跡
これからはだあれも
この人自身でさえも
さわれないのだ
すでに記憶は消え失せて
刻々と細胞が壊れていくのだ

あんなに苦しんだことが
うそのように
胸の上で
指をパズルのように

一本ずつ組ませていくと
やがて
ほどきようもなく硬く
むすばれて
静かに祈りの形をとるのだ

でも
タオルをすすぎながら
私はふっと
たずねてしまう
「お湯かげんはいかがですか」と
いつものように

『遠くて近いものたち』から

遠くて近いものたち

遠くにみえる
山と空とは
目をとじると
すぐ近くだ
川でも　霧でも
遠いけれども近い
あこがれも　しっとも
遠いけれど近い一つのものになる
私の心に遠いものは近くにある

次つぎにみえてくる
花火のように
風のように
死のように

遠くて近いものたちが

私はひとり

私は一人とつぶやくと
わたしもひとりと
風がささやく

風は野面《のづら》を渡ってゆく
風のささやきを
草たちは聴く
次から次にうなずいて
頭をさげて送っていく

ざわざわと
木の葉がさわぐ
風は林に吹き渡る

それから風は沼のほとりに
沼はひっそりと静まりかえり
森の奥に深く沈んで
考え込むのだ

やがて
小さな魚がとびあがって
風の波紋をわずかに伝えるだろう

わたしもひとりと

こぶしの花

あちらのほうに
白い光る小鳥たち
枝におしくらまんじゅうしてる
と思ったら
花が咲いているのだった
こぶしの花
今飛びたとうとして
花に変えられてしまった白い小鳥たち
声にならない声で
歌っている
その歌声が光になっているのだった
そんなにぎやかな一本の樹に
頬紅つけたひよどり一羽やってきて

灰色の羽根たたんだ
ひよどりは白い鳥になりたかったか

いやいやこれは魔法の木
花に変えられた白いとりさん
ぼくはこのままで
飛んでいく
ぼくは灰色のひよどりさ

風

つかまえたいけれど
するりとにげてしまう
残るのは
その気配

今頃は
どこにいるのだろう

大空を掃いている
あのこずえの先か
はらりと落ちる
星のむこうか

風になって
とおいところを
すぎてゆくのは
だれ

おみまいにいって

病気でねているおばあちゃんを
とうさんと　おみまいにいった
なんにもたべなくなってしまったおばあちゃん
ほそくなっていくおばあちゃん

「たべたいものはねえ
うまれた村の
あたしの家の庭の木に
こんもり　つもった雪だねえ
ガラスの器に雪を盛って
泉のみずを
ゆきにかけて
サックリ　シュワ　シュワと

たべてみたいね」

おばあちゃんは知らないけれど
おばあちゃんの村
いまはもうない
だあれも
すんではいない村
山の泉も
かれたときいた

しゃしんたて

しゃしんたてには昔のしゃしん
おばあちゃんとおとうさんと
わたしとかあさん

おばあちゃんはもういないけれど
しゃしんのなかではわらっているの
赤ちゃんをだいてニッコニコなの
その赤ちゃんがわたしだけれど
でも今はもうわたしじゃないわ

おばあちゃんはかわらないで
わたしたちはかわった

とうさんとわたしは朝起きてきて
いつでもごはんをもりもりたべて
「いってまいります」って大声出して
かあさんに手をふって出かけていくの

なんだかふしぎな
気がするの

三歳のとき
―おもいで―

私が
かあさんのおなかの中にいた時
汽車がゴトゴト走っていて
サーカスのお馬の駆ける音
魚のくしゃみ
お星様の鈴の音
お花の笑い声
ちいさい石ころのおしゃべりも
みんな聞こえていたよ

汽車の窓から
山百合の花が匂って

せみのぬけがらが
木をだいていたよ

母さんは
汽車に揺られて
眠っていたよ

ねこ

よなかに
「もしもし　もしもし」
ねこがわたしの肩をたたく
「ちょっとおきてごらんなさいよ」
と
しかたなくおきて
「どうしたの　？……」
と聞くと
ねこは窓のほうをみている
窓を開けると月夜だ
「こんな月夜には不思議なものが飛ぶ」
とねこが言う
じっと月を見ていると
とんでいく

昼間乗ったバス
花屋の花々
郵便ポスト
うすく透き通ってやがて
東の空に見えなくなる

ねことい っしょに月の夜に
昼間のものたちが
飛んでいくのを見ていると
私も飛んでいくようにみえた

昨日の私は消えていく
明日の私がやってくる
「もうまどをしめてもいい？」

猫をだいて

やわらかく
続きの夢を見る
月の夜に

カンニング

キリンがキリンがのぞいたよ
一番前のクモさんの
テストの答えをのぞきみだ
クモさん気づいて手でかくした
かくしたその手は六本あった
それからいと出し
くるくるまいて
テストかかえて行っちゃった

キツネ

キツネの尻尾は
ほうきのかわり
落ち葉はきはき
術を練る
あたまにはっぱをのせてみて
くるりとまわって
ちゅうがえり
花嫁御寮に化けてみる

落ち葉がふるふる
いそがしい

ヘビ

自分で自分がいやになる
くねくねすること
とぐろをまくこと
なんでもひとのみしてしまうこと
シュウシュウ言うのも
止められない

頭を冷やそうと泳いでみる
自分をなくそうと
皮を脱ぐ

『空に落ちているものあたしのためいき』から

シンデレラの馬車

かぼちゃの馬車の白い馬たち
ほんとは二十日ネズミたち
シンデレラの魔法がとけた夜
みんなで　かぼちゃをたべちゃった
とってもおいしくたべちゃった

シンデレラはお城に迎えられ
めでたしめでたしになったけど
かぼちゃの馬車がほしくなり

お城の庭に
か・ぼ・ちゃ・の・た・ね・を
まきました

めがでて
つるがのび
かぼちゃの花が
咲きました

せっせっせの
よいよいよい

ほしくずとみのむし

トナカイのひづめにあたって
天の川のほしくずが　とんできた
北風にのってはだかんぼうのけやきのこずえにひっかかった
冬眠していたみのむしが
ちょいとまぶしくて　目がさめて
もじもじ　もじもじ　かおだして
「おやおや　めずらしいおきゃくさん
ちょっとあたらせてくださいな」
星にちかよってみたけれど　すこしもあたたかくはなかったと
「やっぱり寒くてたまらないよ」
くびをすくめて　じりじりじりじり
「おおさむさむ　はるはまだまだ」
みのにすっぽり　もぐってしまった

「無題」

小さな羽毛が空中に漂っている
ふわふわとかすかな風に揺れてまいあがり、静かに舞い降りる。また、宙返りする。

音楽がなっている。どこからとも知れず波のように漂っては返す音の調べ。その調べに心地よく身をゆだねて漂っていた。

私というものは既に重さを持たず、身体を感じない。わたしという実体はないような気がした。そうしてずっと漂っていたいと思った。

時に強い風が起こりさっと飛ばされていった。しかしそれもつかの間で、また息を止めるように風がやむ。ふんわりと高度が下がる。音楽とともに意識が飛んでいく。と、ぶつかったものがあった。どこからか飛んできた鋭い矢のようなひとつの想いであった。誰がどんなこころで飛ばしたものか、羽毛であった心は、少し硬くなって吐息のように着地した。風と音楽はやんだ。静かな野に、陽がかげった。想いを飛ばしているのは誰？

その問いがリフレインとなって空気をふるわせた。空気は既に紫色を帯びている。水晶のように硬まっていく。凍っていく。紫水晶の屹立。そのひんやりとした結晶に手を触れる。滑り落ちる私。土はやわらかい。仰向けになって寝てしまう。

雪が降る。

小さな羽毛のように、雪がふっている。

野山に積もる。

ここはどこ？

またふうっと意識が途切れる。

「ここは、どこでもないところ」と声がした。

声は、上から降ってきた。

見上げると覆いかぶさっている誰か。

誰かは、黒い紗のような着物を着ている。

女か？　いや男のような声。怖いと思った。

すると私の身体は、飛び上がり水平に飛んだ。

紗の着物もふうわりと追ってきた。やわらかい絹に触れられると少し落

ち着いて、

「だあれ？」と聞いた。「わたし」と言う声。ああ、その声はよく知っている。だけどその人が思い出せない。昔のことだったな、なつかしい悲しい思い出。あんなことがあったなんてうそみたいだ。けれど、それが何だったのか、どうしても思い出せない。

死んでしまったのね。わたし。そう聞くと、そうらしい、二人ともう死んでしまったんだ。とその薄い紗のなかから声がした。

ああ、この軽い身体。透き通るような声と意識。冷たい空気とあたたかい気配。

すべてが心地よい。

また、羽毛が舞い始める。満ち足りてしあわせに、そうして悲しみにたゆたうて。

ふわり、ふうわり、と踊っている。

童謡詩集「ガードレールの歌」から

いなかの電車

でんしゃごとごと　ごとごとごっとん
つりかわぶらんこ　ゆらゆらゆうらり
おじいさんいねむり　こっくりこっくり
おひざのかばんが　おっこちた

でんしゃごとごと　ごとごとごっとん
つりかわぶらんこ　ゆらゆらゆうらり
あかちゃんおひざで　にこにこあぶぶぶ
ちょうちょがひらひら　のってきた

でんしゃごとごと　ごとごとごっとん
ホームの車掌が　ふえふくぴっぴぴ
しゅっぱつしんこう　ごとごとごっとん
ごっとん　ごとごと
ごっとんごとごとごっとん

ガードレールの歌

あめが　じゃんじゃん　ふっている
白いカーブを光らせて　流れるしずく　あびている
ガードレール　ガードレール
だまってだまって立っている
おててつないでたっている

かぜがびゅうびゅう　吹いている
あしに落ち葉をからませて　うごかずじっとたっている
ガードレール　ガードレール
だまってだまって立っている
おててつないでたっている

お日さまさんさん照っている

車の音と人の声
お空みながらきいている
ガードレール　ガードレール
だまってだまって立っている
おててつないでたっている

ガードレールの歌

山中　利子作詞
柳井　和郎作曲

あめがじゃんじゃん　ー　ふー て ーい る ー　しろいカーブ
をー　ひーから一せ　て ー　ながれるしずくを　あびている
ガードレー　ル　ガー ドレー ルー　だ まーてだ まーて
た っている　お ててつないで ー　た ーてーー い る

最近の作品から

9月に

嵐が去った
夜があけて
吹き荒れた街にのぼった朝日
公園のベンチの足元の
ちぎれて飛んだ街路樹の葉の吹き溜まりや
滑り台やブランコの下のくぼみの
紙くずや野草の残骸の上にも
陽が差している

それらはささやきかわしている
嵐は去った
朝が来たと

この国に吹き荒れたあの病のように
肩落として黙々と耐え
やがて顔上げてほほえんで
動き出した人々のように

必ずいつでも
どんな場所にでも
時は過ぎて
陽はさして輝いて歌うと
木々も草も虫も
ブランコや滑り台までもが
吹きすぎる風に
ささやいている

9月だと

大門のにりん草

山中利子作詞
ばんひろし作曲

♩＝104　さわやかに
mf
だ い も ん の　だ い も ん の　に り ん そ う　さ い た
だ い も ん の　だ い も ん の　に り ん そ う　ち っ た
だ い も ん の　だ い も ん の　に り ん そ う　さ く よ
mp
い ち り ん ず つ さ い て
い ち り ん ず つ ち っ て
は る に ー ー は さ く よ
mf
に り ん で ひ と つ　さ や さ や ‐ さ や
は っ ぱ ば か ー り　さ や さ や ー さ や
ま し ろ に さ い て　り ん り ん ー り ん
1.2.3.
か ぜ に わ ら う よ
か ぜ が す ぎ る よ ー
か ぜ と う た う よ ‐
rit.
Coda
mf
か ぜ と ‐ う た う よ
Fine

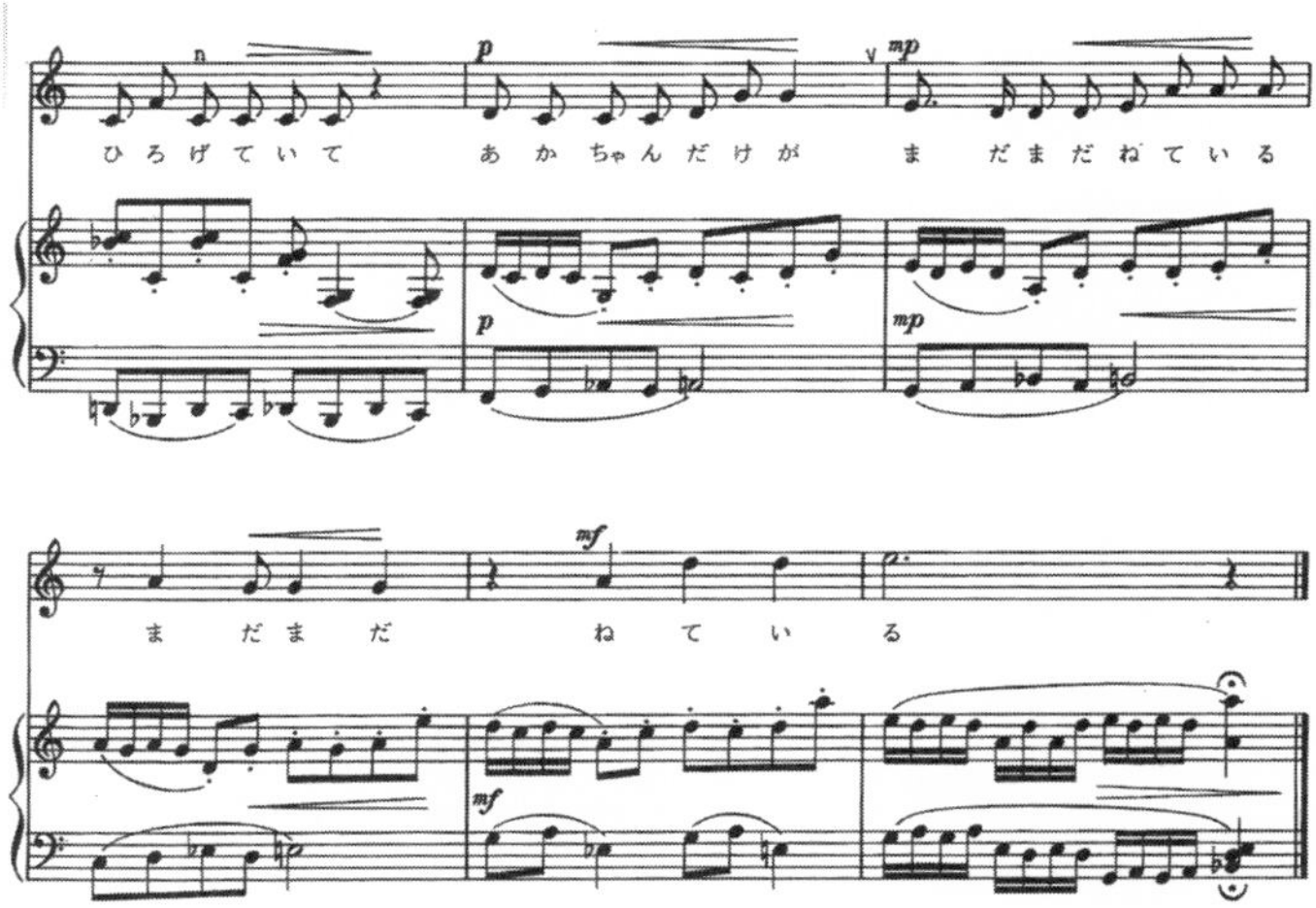
ひろげていて
あかちゃんだけが
まだまだねている
まだまだ
ねている
p
mp
mf

'84.2

きんぎょがねている
めがさめると
きんぎょはきんぎょばちで
およいでいて
ことりはとりかごで
うたっていて
ねこはおおきな
せのびをしていて
ママはめだまやき
つくっていて
パパはしんぶん

家

山中利子 詩
松本民之助 曲

あかるく楽しく
パパのとなりに ママがねている ママのとなりに
あか ちゃん ねている あかちゃんのとなりに ねこがねている
ねこのとなりに ことりがねている ことりのとなりに

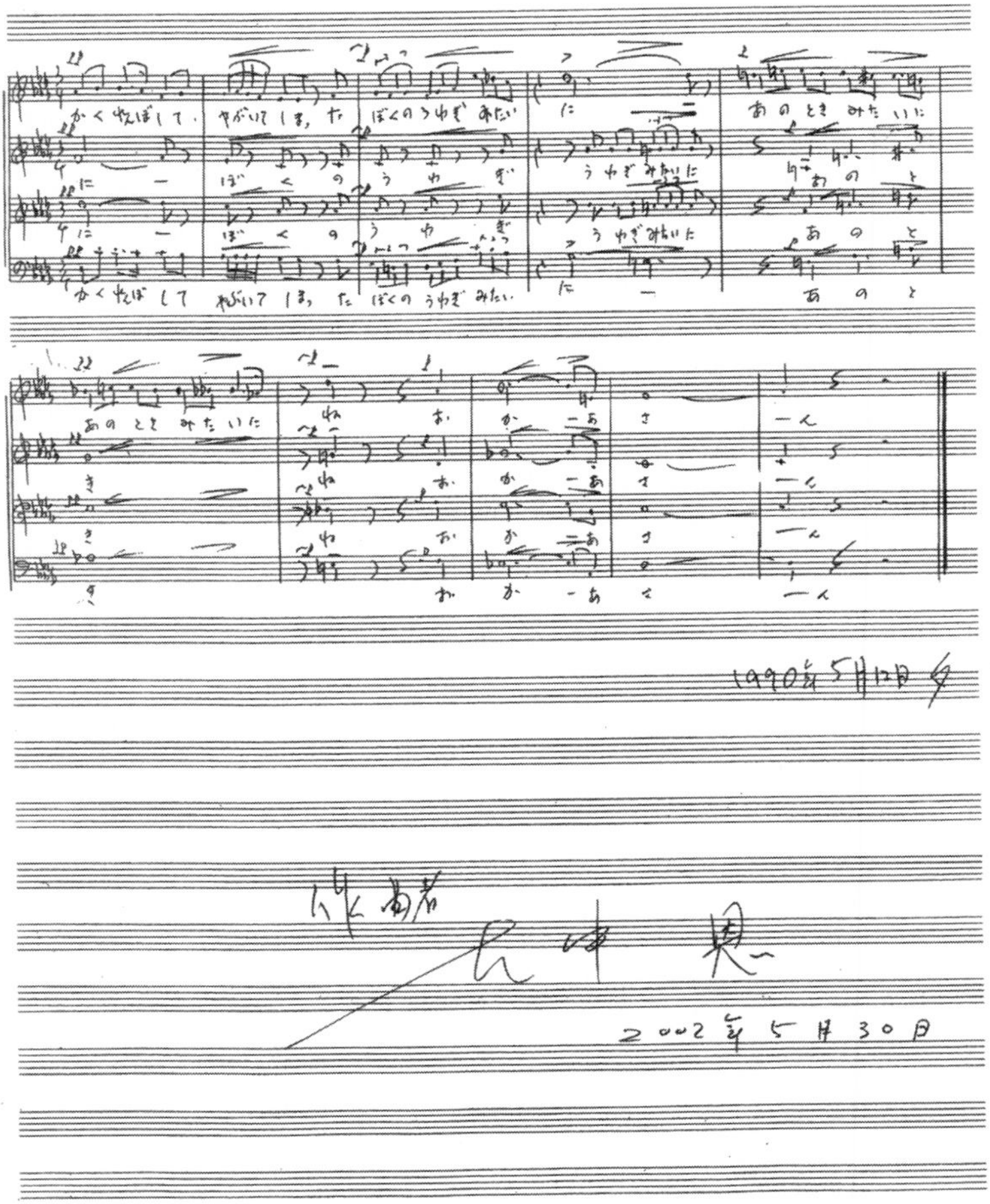
あのときみたいに
作曲者
2002年5月30日

カラス
山中利子作詞
Moderato
Andante
Andantino

よもぎ もちくさ
詩 山中利子 曲 伴 博
なつかしく
よもぎもちくさ こかごにつんで くさもちー つくる
はるのいちにち
よもぎもちくさ ゆびさきまでも みどりにーにおう
rit.
un poco pia mosso
はるのしあわせ
あねさまかぶりの てぬぐいの わたしのちいさい
Tempo I
meno mosso
おばあちゃん
よもぎもちくさ つみくさしてる むかしむかしの はるのい
ちにち
rit.

童話

夜明けの玄関ホール

車椅子をこいでいるおじいさん。

しわくちゃの紙みたいな顔をしたおばあさん。

耳が遠い老人。目が見えなくなった人、オムツをしている寝たきりの年寄り。

ここは、老人ホーム、ひなぎくの里。いろんなお年寄りが暮らしている。

このホームにいたときさんのことを話そう。


ときさんは腰がくの字にまがっていた。ときさんは家族も親戚も友達もいなかった。ときさんは一人ぼっちで何年もここにいた。

昼間はベッドで眠っていて、夜になるとおきてくるのだった。

夜十二時を過ぎる頃、杖をついて、ホームの中をこつこつと歩き回る。長い廊下を通り過ぎ、洗面所から玄関へ向かう。玄関ホールは広くて、大きな掛け時計がかかっている。時計がボーンと一時を知らせる。

ホールにある大きな植木鉢には棕櫚の木。玄関ホールには誰もいない。夜中だもの。でも誰もいなくてもときさんには見える。誰かと誰かと話している。


ときさんには見えない誰かが見えている。

ベンチの横の棕櫚の木にショールをかけていたりする。かぎにまがった長い鼻。とがったあごとたれたほほ。深いしわに囲まれた顔は魔法使いのようなときさん。

「ときおばあさん。こんなところで何しているの」

通りかかった寮母さんが、不思議に思ってたずねたけれど「うふふふ」と笑って答えない。


ある夜、やっぱりときおばあさんがホームの廊下を歩いていた。夜勤の寮母さんが、後をついていった。前に一度、夜中に庭を歩き回って風邪を引いたことがあったから……。

ときばあさんは、ホールに来た。ホールの木のベンチにまたがって、「ハイシー」「ハイシー」手のひらで、ベンチをビシャビシャたたいてる。かたいベンチ。木のベンチだ。その手がきっと痛いだろう。暗い常夜灯の下のベンチ。寝巻きのすそをはだけて、馬に乗っているつもりらしいときばあさん。

気の毒なおかしい、ときばあさん。

とうとう寮母はでていって

「どうしたの、ときおばあさん」

ときばあさんは、目に涙。

「馬が走ってくれないのでね。あんた手伝っておくれでないか。このものぐさ馬を走らせておくれ」

あんまりいっしょうけんめいで、寮母は小さい子にするように、ベンチを馬に見たててすわった。笑いながらベンチの後ろにこしかけて

「はいはい、それではやってみましょう」

「ハイシーハイシー、ガタガタガタ」

ベンチをがたがた、ゆすってやった。ときばあさんは、

「ほら、走り出したよ。早いだろ」

大きな声をあげて喜んだ。それから寮母をふり返り、

「いいかい、しっかりつかまっておいで。牧場を一回りしてから飛び越えよう。そら、この柵とあの小川だ。ホレッ、そらそらそら　そらっ。いくぞいくぞ、ごらんよごらんよ　村の衆がびっくりしゃっくり、口あけてわしらをみているよ。はっはっはは、いいきもちだ。一本道をずうっとかけて、鎮守の森までいってみようか。ほれっ、ソレソレッ。走れ走れ！」

ガタガタ、ガタガタベンチは走った。寮母はとうとうふきだして、「ときおばあさん、ここはひなぎくの里。老人ホームの玄関！　村の牧場でもないし、馬なんかいない。これは木でできてるベンチでしょう、馬に乗ってるなんて本当におもっているの？」なんていってしまった。

ときばあさんは、ものすごい顔でベンチを杖ではっしとたたき、涙をぼろぼろこぼしながら、寮母につばをはきかけた。魔法使いよりもこわい顔で。泣きながら、おこりながら、杖をぐるぐるふりまわし、ときばあさんは戻っていった。夜の夜中の老人ホーム。

悪かったなと思った寮母だった。うつらうつらと眠っている昼間のときさんは、子どもみたいな顔をしている。しわくちゃの顔で微笑んで、むにゃむにゃ寝言をいっていた。寮母は次の夜にはこころして、じっくり優しく付き合った。


玄関ホールの大時計、夜中の十二時打ち出した。

「発車のベルが鳴ってるよ。早くお乗り」

とおばあさん。ホールのベンチにこしかけて、寮母はときさんと旅に出た。汽車はがたんと走り出す。シユッシユッシユッポ、ガタゴト煙を吐き、むかしのむかしの汽車の旅。ときばあさんはおかあさん。ショールにくるんだ赤ちゃんを抱いてるつもりのおかあさん。赤ちゃんが泣くと、ときばあさんは「おう、よしよし」とあやしてる。それからネマキの胸開けておっぱいを赤ちゃんにのませてる。

はずかしそうなおかあさん。ときばあさんは幸せそう。ショールの中をのぞきこみ、何度も寮母にうなずいた。寮母もニコニコうなずいて
「よかったね。赤ちゃん見せにいなかにいけて……」

二人は満足して部屋にもどった。


又ある夜のこと。

冷え冷えと雨が降っている秋の夜だった。モクセイの花の香りがただよって、ホームは静かに夢の中。

そんな夜なのに、ときばあさんはとても良い天気だと思っている。山にキノコ狩りに出かけたのだ。

寮母はおばあさんのまごむすめだった。玄関ホールのベンチのそばで、二人はキノコ狩りごっこをしたというわけだ。

その夜は寮母は変な気持ちで、ほんとにすっかりまごむすめになっていた。ときばあさんの後ろについて落ち葉をふみしめ山にのぼると、冷たいおいしい空気のかたまり。透明な空気が胸のすみずみまではいってきた。ちょうど肺が洗われるように。

遠くに見える山々が絵のようで、谷川を流れる水の清らかなこと。赤い葉や黄色い葉、虫食いの山ブドウ

の葉。湿った落ち葉をかき分けるときの土の匂い。木の葉のかげに見つかったきのこのかおり。

寮母はいっしょうけんめいにきのこをさがした。むちゅうになって、おばあさんのいなかの山で遊んでいた。そのうち、うす暗くなってきた。いけどもいけども森の中。もう山も見えず、道もない。カサコソ二人の足音だけ。ふかあい深い森のおちばだ。二人は森をぬけだせなかった。道に迷ってしまったのだ。歩いても歩いても、道はない。やがて雨がふりだして、「こまったねえ」と、おばあさん。

「こまったねえ、おばあさん」

寮母もなきそうな声出して、おばあさんのもんぺにつかまった。

「だいじょうぶ。心配しなくてもばあちゃんがいる。道にまよった時にはね、じっとしていなくちゃいけないよ。じいちゃんがよくそういってた」

おばあさんはまごむすめをだいて、大きな木の下にすわった。自分のショールをむすめにかけて、ときばあさんはじっとしていた。大きな温かい手にいだかれて、娘はほうっと安心した。なにもかもおばあさんにまかせて、すっかりねむってしまったのだった。

なんだかいっそう寒くなって、寮母はふっと目をさました。しらじらあけた光の中。老人ホームのげんかんのとびら。夕べの雨も上がったらしい。モクセイの香りがただよっている。ひなぎくの里という名の老人ホーム。その玄関ホールのベンチのそばで、

（どうしてねむってしまったのかしら?）

気がつくとときおばあさんもねむっていた。ベンチのかげに、小さく丸く。決しておきることはなく。

ときばあさんは動かなかった。

「おばあさん、ときおばあさん」

しなびたやさしい顔をした、いなかのおばあさんの顔だった。寮母がよんでも、ゆすっても、目をさまそうとはしなかった。

ときばあさんはもどらなかった。

あの美しいいなかの山から。

でいだらとたぬきのはなし

だれも知らない山のおくに大男が一人ですんでいました。大男はその山で一番高い杉の木くらいにせいが高く、頂上近くにそびえる大岩のように大きくて、力がありました。声は四方にひびき、歩くと森がゆれました。大男はでいだらという名前でした。でいだらは、たった一人で田んぼを作り、畑をたがやしてくらしていました。田んぼも畑も谷あいにほんのすこしあるだけで、それはでいだらの親たちが作っていたものでした。でいだらにはちょうど良い広さで、田んぼのそばでねころんでぼんやり空をながめたり、生えてきた草をねたまま、ちょいちょいとひっこぬいたりその手ではなくそをほじくったりして日をすごしていました。でいだらは、大男で力持ちでしたが少し足りないようなところもあって、親もなく、友だちもおらず、いつも一人ぼっちでぼんやりしているのでした。

でいだらは、毎日、田んぼのそばのクルミの木の下にねころがっているのでしたが、ときどきふうっとなんともいえない気持ちになるのでした。それがどういうことなのかわからないで、ときどきはあっと大きなため息をつき、ため息は風になり、頭の上のクルミの木の枝をざわーっとゆらすのでした。

夏がすぎ、秋がきました。田んぼにはほどよくみのった稲がやんわりと頭をたれていました。でいだらは、田んぼのまわりをどしん、どしんと歩いていました。イナゴが数えきれないほど発生してイネを食いあらしているのです。今までこんなことがあったでしょうか?

「ひとつ、ふたつ、みっつ、十、十五、三十……ああ、わかんねえ。いったいどういうことだべえ。去年はこんなでなかったんだが……」

でいだらは、頭に手をやってイナゴの数を数えようとしたり、かすんでしまった去年のことを思い出そうとしたりしました。けれども思い出せません。

イナゴはぴょんぴょんとんでいたり、小さな鳥でででもあるかのようにいっせいにわあっとまいあがったりして、でいだらをこんらんさせます。でいだらはぶつぶつひとり言をいっては立ちどまり、たんぼのまわりをまわりながら、ああでもないこうでもないと考えました。けれどもやっぱり考え事はにがてで、ドシン、ドシンと歩いているうち、めんどうになり、歌でも歌いたくなってきました。でいだらは頭をふりふり、こんな歌を歌いました。

はああ、イナゴ　イナゴ
お前は虫か、それとも鳥か
おまえはなんだ　どこからきたか
はああ、イナゴ、イナゴ
おいらはだれだ　どしたらいいか
おまえをおうか　おまえをとるか
はああ、イナゴ　イナゴ
とべとべ　イナゴ　米食うイナゴ
どこさかいって　もどってくるな
かわいいイナゴ　イナゴや　イナゴ

そうやって歌いながら田んぼのまわりをまわっていると、山の向こうにお日さまが落ちて真っ赤な夕やけになりました。赤とんぼが数かぎりなく飛んでいました。でいだらが立ち止まると頭の上やちゃんちゃんこの肩の上に、何匹もの赤とんぼがとまるのでした。

小川では小さな魚たちが、ぴちぴちはねてその後に時がとまったかと思われるほどの、静かな一しゅんがありました。

タヌキはそんなでいだらを、やぶの中から見ていました。

タヌキは知っていました。でいだらが頭の足りない大男で、たった一人でくらしていることを。でいだらは、昔からでいだらでここで生まれてここで育った、親なしだってことを。

「バカな大男さ、ひとりになったら、いっそうまぬけになっちまったな」

タヌキはくすくす笑っていました。けれど、そういうタヌキも、たった一ぴきですんでいました。親ダヌキはずっと昔にでいだらの両親にタヌキ汁にされて、たべられてしまったのでした。だからタヌキは、でいだらを親のかたきとも思っていました。

タヌキはでいだらの田畑を荒らして作物を取ったり、でいだらをこまらせるいたずらを、いつも考えているのでした。

あるときは、クルミの木のかげでひるねしているでいだらの両足をふじづるでからめてやりました。でいだらがひるねからさめて、立ち上がれずにおおあばれしてないた声は、山々にこだましてひびきわたり、山がくずれるかとおそろしくなったタヌキは気づかれないように必死で藤づるをほどいたものでした。

タヌキはいつもでいだらのようすをやぶかげでうかがっていました。タヌキは少しもさびしくはありませんでした。でいだらの小屋のそばにタヌキの穴もあって、いつもでいだらの近くにいたからです。

つぎの朝、でいだらが田んぼへ行くと、田んぼのイネは金色にかがやいて、いっそう重そうにたれていました、そばのクルミの木が、さやさやと歌っていて、小川の水も気持ちよさそうに流れています。でいだらも良い気もちでした。イナゴがピョンピョンとぶのでさえ、今日はたのしくうれしくなります。

でいだらは、自分の作った田んぼをみわたして、きのうあんなに困っていたことがうそのようになくなりました。それで、こんなひとり言を言いました。

「いねかりしてもよかんべなア。イナゴもきのうはくたびれたんべ。なあに、このおらがもうひとりいて、田んぼの両がわから手を広げれば、イナゴなんぞにげばはねえだ。まあ、よかんべさ、こんなにうまそうに実った稲だ。イナゴにもくわせてやんべ。客だと思ってくわせてやんべ」

タヌキはそれをきいていて、よいことを思いつきました。

でいだらはきのうのつづきのうたを、こんなふうに歌いました。

はああ、イナゴイナゴ
おまえは虫だ
イネくう客だ
おいらはだれだ　でいだらだ
はああ、イナゴイナゴ
はようにたべろ　きゃくになってたべろ

それから、でいだらはイネかりをしようと思い立って、いねかりのしたくをしに小屋のほうに、のっしのっしと歩いていきました。小屋に帰ったでいだらは、イネかりがまをとぎはじめました。

じょりじょり　じょり
水をつけて、と石でじょりじょりとおおきなかまをとぎました。とぎながらカマをお日さまにすかしてみて、はあとおおきなためいきをつきました。考えてみれば、でいだらのところに、客など来たことは一度もありません。客ということばさえ忘れていて、あのひとりごとはふいに口にのぼってきたものでした。小さいときに父ちゃんが取り入れの時にいっていた口ぐせを、とつぜん思い出していったものなのでした。

「はあ、とうちゃんとイナゴにうたってやったっけ」

でいだらは、ちょっぴり昔のことを思い出して、又、はああとため息をつきました。

遠い空にうす黒い小さな雲がありました。でいだらのさびしい気もちはきえません。いねかりのしたくをしながら、だれかこないかなあと思っていました。

ところが、田んぼにきて見ると、向こう側に大男が立っていました。わら束を腰にぶら下げて、ほおかむりをしたでいだらはこしをぬかすほど、おどろきました。同じようにほおかむりをして、しまのちゃんちゃんこをきた大男は、足をふんばって、両手を広げて、

「やあ、でいだら、やっときたか」

と、いいました。

「おめえはだれだ」

でいだらは、目玉をひんむいてたずねました。

「おらは、でいだらだ」あい手の男は答えました。

「なんだって、まあ！　おらが二人もいるなんて」

でいだらは、そばによってもうひとりの自分のまわりをまわりながらいいました。もうひとりはうなずいて、にやにやしながら答えました。

「おらはまぬけなでいだらだ。二人のほうがつごうがよかんべ。知恵の足りねえところなんぞ、二人でちょうど一人前だべ」

「んだんだ」

でいだらは答えました。ほんとにそうだと思いました。だって自分がそういったようだったんですもの。タヌキにバカにされていることなんかわかりません。のぞんだように友達みたいなじぶんがでてきて、ただもううれしくなったのです。

「イナゴとるべか、でいだら、おめえとおらとで手を広げれば、イナゴなんぞにげばはねえぞ」

タヌキのでいだらはおかしそうに笑いながらいいました。

「いや、いんや、イナゴなんぞはかまわねえ。イネかりすんべと思ってな、かまをといで持って来ただ。うめえもちなどくわせるべえ、おめえさん、ちょっくらてつだってくだせえな」

でいだらはまじめな顔で、ニヤニヤしているもうひとりの自分にたのみました。

二人がそうやっているうちに、空はくもって、山の向こうの黒い雲が走って広がってやってきました。小鳥もイナゴもきゅうにいなくなって、夕方のようにみるみる暗くなりました。でいだらは、空を見てかまをふりあげてさけびました。

「雨がふってくるぞ、でいだら！！」

もうひとりのでいだらは、ぴかぴかのおおきなかまにおどろいて、ぴよこりとしっぽをだしました。

でもでいだらは、気がつかないで、せっせといねかりをはじめました。

大きないねかりがまをふりかざして、ザックザックとイネをかります。しっぽの出ているでいだらは、ほっとむねをなでおろしてイネをたばねてしばりました。考えてみれば、こうやって手伝ったことなどありません。でいだらの畑のものをあらしてとったり、いたづらしたり、わるさばかりをしていました。でいだらの父ちゃんが、がけから落ちて死んだのも、もとはといえば、タヌキのせいかもしれません。父ちゃんは大きな柏の木を死んだ母ちゃんのまぼろしとみまちがえて、足をふみはずしてしまったのですから……。そしてその木をそうみせかけたのは、タヌキのやったしわざでしたから……。

でいだらは、もちろんそんなことまで知っているはずはありませんが、タヌキはなんだかひやっとして、もしかしたら、もしかしたらと思いました。この大男はまぬけだと思っていたけれど、本当はおそろしくなんでも見通していて、おいらはにげばはないのではないか、タヌキはふっとそう思ったのです。

タヌキはなんだか生まれかわったみたいな気持ちになって、せっせせっせとイネをたばねてしばりました。そうやって働いているうちに、とてもゆかいな気分にもなって、いっしょうけんめい手伝いました。

そのすぐ後から、でいだらはイネのたばを二十ぱも片手でさっと持ち上げました。イネのたばを持ち上げながら、まぬけな大男は首をかしげました。いねをたばねるでいだらのしっぽがぴょこぴょこおどりでて、まるでタヌキがばけたかのよう……。

横目で見ながらでいだらは、こいつはタヌキなのかなあと考えました。

その時、雨がふってきて、クルミの枝がざわ、ざわざわ、歌っているように聞こえました。

タヌキだってかまわねえ、ざわざわざわ
二人でやれば早くできるさ
タヌキだってかまわねえ　いそげいそげ
ひとりがイネかり　ひとりがはこぶ
ひとりがどっさり　ひとりがちょっぴり
ひとりがのっしのっし　ひとりがちょこちょこ
二人のでいだらが　ざわざわざわ

ぼんやりしていてはせっかくのお米がだいなしになります。大男は雨の中で泥だらけになって働いているタヌキを横目で見ながら、大車輪のように働いてとりいれをしました。タヌキというのは何とかわいい姿をしているのでしょう。しっぽをぴょこぴょこさせながら、チョコチョコかけまわって手伝ってくれているのです。

おめえはタヌキで
おらはでいだら
この山奥でうまれてそだって
こうしてふたりでとりいれだ
わっはははははは　ははははは

タヌキはとりいれのおわった田んぼにひびきわたるでいだらの笑い声をきいて飛び上がりました。きがつくと、でいだらにばけたはずの自分はすっかりもとのタヌキにもどってしまっていました。タヌキはがたがたふるえながら、小さく小さくちぢこまりました。にげることもかくれることもできずに、どろとなみだの中でうめきごえをあげていました。

ぬれた大木のようなでいだらは、はなみずをすすりながらいいました。

「おらが、ほんとうのでいだらだ、まぬけな大男のな。おいらは何もしっちゃあいないさ。化け方も何もな。そんでも、とりいれがすんだんだ。あとはおいわいだぞ。いっしょにおいで、ちっこイでいだらのタヌキのともだち。もちつきをするべ、さあ、こっちだ」

それから後の晴れた日に、もちつきの音が、ぺったんこぺったんこ。でいだらがもちをつくと、山がゆれました。タヌキはでいだらのかたのところまでとびあがってしまいました。でいだらがもちをついて、タヌキがこねておいしいおもちがつきあがりました。クルミのみそをたっぷりつけて、でいだらはどっさり、タヌキはちょっぴり、おいしいおもちをたべました。二人はたらふくもちを食べて、クルミの木の下でまどろみました。

エッセイ・そのほか

訪問看護便り⑥　幸せなくらし

私達は、委託事業の訪問看護師です。一軒のお宅を訪問し、二、三時間の看護をして、一単位の報酬をいただきます。雨が降っても、風が吹いても、電車でもタクシーでも、または歩いてでも、遠くても近くても、一単位には変わりなく、電話などでの御相談は、もちろんその対象になりません。

出かけようと思っているところへ、急に断りの電話が入ることもあります。行ってみたら、留守だったということも稀にはあります。うるさいことを言うので、来て欲しくないと家族に言いつけられることもあります。それに、対象が重症の障害児や難病の方達で、回復の喜びを共に味わうということもほとんどありません。

はじめに考えた訪問看護とはずい分違うところもあって、誰でも一度はやめたくなります。

私も、むなしい想いにとらわれていました。

一年毎の契約更新であること、単価はいくらか上がっても、昇給もボーナスも、保険もないこと、少しも良くはならない病気ばかりで、自分の無能さばかりを思い知らされること。本当に看護師とは名ばかりで、辛い想いが絶えないのでした。訪問するのは短時間でも受持の家庭の状況と子供の病状は、夜も昼もなくずっしりと肩にのしかかってきて、急変時には、夜中でも相談の電話が入るのです。時間的なことがゆるされれば、フルタイムで病院か診療所で働いた方が、ずっとよさそうに思えました。そうすれば、時間的には拘束されても、精神的にも金銭的にもずっと楽になるでしょう。

今を逃せば、高齢の看護師は就職がずっと難しくなるでしょう。義母も落ち着いているし、今は皆、老人を入院させてしまうではないか、私さえその気になって事を運べば、きっとそうできるのにと思えてくるのでした。

子供の教育費のことや、雨もりがしはじめた古家のこと、老後のこと等もちらちらと頭に浮かんで、きちんとした職場に就職して働いた方が賢明ではないか等とも思えてならないのでした。私は、契約更新の時期が近づくと、来年度はどうしようかと迷うのでした。

そう考え出すと、一層、自分が情けなくなり、ただ行ってそのお母さんを慰めてくるだけのような訪問看護だと、こんなでいいのかしらと悲しくもなってくるのでした。

忘年会の時、お日様のような励まし役の先生に、

「あんたは循環気質なんだよ。周期的にそうなるだろう……」

と言われて、なんだか自分がおかしくて、

「全くそう、そうなんです」

と、今度は躁状態のように笑えてきてしまいました。

何でも自分の都合のよいような理屈をこしらえて、辛いことから逃れようとする、それに女って欲ばりなものですから、どうにかしてもっといい条件で働きたいと思う……、余計なことを考えて、はじめの心がふるえるような感動をなくしてしまっているのでした。私は、自分ではあっさりしているつもりでも、安定したものを望んでもいたのでした。

主人がいつも言うように、(お金なんて要る時に要るだけあれば充分)なのに。(……でも要る時に、要るだけあるかな?……)

お茶わんを洗いながら、若い時のように宮沢賢治の詩などぶつぶつとつぶやいては、これではいけない、初心忘るべからずと思うのでした。

雨ニモマケズ
風ニモマケズ
雪ニモ夏ノ暑サニモマケヌ
丈夫ナカラダヲモチ
欲ハナク
決シテ瞋《いか》ラズ

卓也君は、四十歳になる一人息子です。脳性まひです。風に動くすだれを見て喜び、通りから子供の声が聞こえてくると、大声で叫び返します。

積木を積んでは倒す遊びに夢中で、絵本を読んでもらうのも大好きです。お母さんは、大きな体の卓也君のオムツを換え、御飯をスプーンで食べさせてやりま

す。手足は硬縮してしまって、一日中、部屋の中央の座卓にもたれて座っています。

「おばけがいる、おばけだあ！」

マンションの窓から、何人かの子供が、卓也君のいる二階の部屋の窓をのぞいて叫んだりします。そんな時、お母さんは、急いで窓を閉めます。

卓也君は、長いこと外へ出ていません。

お母さんより大きくなって、おんぶもできなくなってからは、病院へもいかず、近所の先生の往診に頼っていました。

痙攣の発作については、お母さんが一人で専門医に出かけて、薬をもらってきておりました。

卓也君の歯ぐきは、痙攣止めの薬の為もあって腫れあがり、治療したことのない虫歯は繰り返し痛み、歯槽膿漏を起こしていました。卓也君は歯の痛みに不気嫌になり、かんしゃくを起こしてオモチャを投げつけたりしました。お母さんは、はじめはなぜ不気嫌になったか理由がわからず、おろおろし、やっと頬のはれに気づき、抗生物質を飲ませながら落ち着くのを待つのでした。

また、よく風邪をひき、風邪をひくと肺炎を起こし、近所の先生に点滴をしてもらったり、酸素ボンベと吸入器を運んでもらって、寝ずに看病することも多いのでした。

そうして、四十年の間、お母さんは旅行に出かけたことも、夫婦そろって外出したこともありませんでした。

「私以外の人の手からは何も食べません。私がいなければ、この子は生きていけないのです」。お母さんはそう思い、人にもそう言っておりました。

卓也君は、初対面の時、横を向いてまともに顔をみようとはしませんでした。けれども、ちらちらとこちらをぬすみ見て、目があいそうになるとあわてて横を向くのです。

お母さんに、

「ごあいさつは？　こんにちはって！」

と言われて、何度も何度も頭を下げてみせましたが、決してこちらをみようとはしません。

私は、お母さんの話し相手に訪問しているようなものでした。卓也君は、その話をじっと聞いているようにみえます。お母さんが涙ぐんで思い出話をはじめると、卓也君も悲しみに沈んで泣き出しそうな顔になります。

お母さんが天井を向いてアッハアッハと笑うと、卓也君もびっくりするような大声で笑い出します。私もつりこまれて、三人で大笑いになってしまうこともありました。

「けれどもね、私はこの子に先に死んでもらいたいの。寿命だから、私の思う通りにならないのはわかっているけど、この子を送ってから私が往きたいんです。かわいそうで……後に残していけない……」

「気持ちはよくわかるけど、順番からいえば親が先で、子供が後じゃありませんか。卓也君も、お母さんの考えに同感かどうかわかりませんよ」

「それでも、どっちみち私がいなくなりゃ、この子は生きていけないんです……」

心臓が悪いお母さんは、肩を落とし泣きそうになります。卓也君は、「オウ、オウ」と暗い顔でカベの方をにらみます。

お父さんもお母さんも老齢で、病気がちです。この一家がやがてどうなるのか、想像したくはありませんが、家庭という温かい小さな幸せの一単位が、遅かれ早かれ崩れさり、なくなってしまうことは間違いないのです。

卓也君は、毎晩、晩酌をします。

「それがですね、ごはんもお茶も、ジュースも牛乳も、みんな私がのませてやらなきゃだめなのに、ビールだけは一人でコップを持って飲めるんですよ」

「さすがお父さんの子ね。すごい、すごい」

卓也君は、小さい時からきちんと訓練を重ねていたら、もうすこしいろいろなことができたに違いありません。お母さんは、卓也君をおんぶしてあちこちの病院をたずね歩きましたが、当時は痙攣をとめる薬のほかには訓練など何もしなかったのでした。

「マラリヤ療法もやりましたし、味の素を大量に飲ませることもやったものでした……」

そういえば私も昔、精神科の病棟で分裂病の患者さんに、高熱を出させて解熱させるマラリヤ療法をしているのをみたことがありました。毒をもって毒を制すというけれども、電気ショック療法もマラリヤ療法も、なんだかいやな治療法ではありました。それから、グルタミン酸ソーダが騒がれて、何でも頭が良くなるというので、どんどんどんどん何にでも味の素をふりかけて……死んだ母のことを思い出して、私もしんみりしてしまいました。母がよく、味の素をふりかけながら、頭が良くなるそうだからと言い言いしたのでした。母親の子供への想いは深く、時には一方的でもあって、あわれにも思われます。

「お母さん、ひとつ、卓也君が他人の手からでもごはんが食べられるようになるように、やってみたらどうでしょう」

提案してみましたが、なかなかやらせてくれません。

お母さんは、いやだったのでしょう。こんなに苦労して育ててきたそのあかしが、やすやすと他人に打ち消されたくはありませんもの。

「食べません。駄目です。私以外の人の手からは……」

とお母さんが言うと、卓也君は、いやいやをして顔を横に向けてしまいます。お母さんは気の良い人ですから、卓也君の食事の準備をしてはくれます。

「そうだ、お父さんとお母さんがいるから恥ずかしいんだ。ちょっとの間、あちらの部屋にいらして下さいますか」

二人が退室してしまうと、卓也君は、私の手からでも食べてくれるようになりました。けれどもそれは、微妙な具合にお母さんの感情と一致して、お母さんが、

「いいです、今日は私がやります」

と言うと、決して口を開かなくなるのでした。

体験入院というシステムができました。

「世間を知らない卓也君に、少しお友達をみせてやりましょうよ。それに万一、お母さんが病気にでもなった時に、誰からもごはんを食べないとかわいそうだし、他の人からもごはんを食べられるようにしておいてやりましょうよ」

入院してみて、だめそうだったらすぐに連れ帰ってもよいからと説得して、近くのセンターに入院した日、卓也君の荷物はまるで引越しのように多いのでした。晩酌の許可までいただいて、主担当の看護師は細かく気を使い、それはそれは大切に病院へ送っていったものでした。

やはり晩酌をしていたという五十歳くらいの脳性麻痺の武さんと同室になりましたが、卓也君は、病院では決してビールを飲もうとはしません。

「それじゃあ、武さんだけがビールを飲んだの？」

「そうなんですよ、卓也君はいやいやをして飲まないものですから……」

付添いさんは、すまなそうに、でも少しおかしそうに微笑んで話されるのでした。

両親は、毎日、卓也君の面会に通い、泊り込み、揚句は病院の芝刈りまで奉仕する有様で、卓也君の一家は病院ではちょっとした有名人のようになったのでした。体験入院の間に歯科の治療も受けて、退院してからは、歯が痛むこともなくなりました。

童謡を吹き込んだテープを持っていって、一緒にきいたり歌ったり、少しの処置をしたり、遊んだりする訪問が続きました。

卓也君はすっかりなれて、うれしそうにオモチャを差し出してくれるようになっていました。お母さんは、お茶とお菓子を用意して待たれ、いくらどうお話しても、何か食べ物を出さねば気がすまないらしいのです。訪問看護は、以前から続いていて、お母さんの中にはそんな接待のパターンができており、食べないで帰ると不快な表情をされました。お母さん自身にもある思い込みがあり、こんな子がいるから汚いと思われるのではないか、などと考えられたのかもしれません。喜んでいただいて帰り、料理の話などがでて、今度、煮方を教えていただきたいわと話すと、次にはその煮物を作って待っていて下さったり、恐縮したり、困ったりすることも多いのでした。お母さんは、あくまでも好意を表して下さるのでしたが、こちらは仕事だと思うと、世代の相違やら何やらをつくづく考えさせられることもあって、つまらないことでなやんだりもしたものでした。

そうして日は過ぎていき、卓也君も元気で冬を迎えました。

ところが、お母さんの方が具合が悪くなりました。体験入院をし入院して検査をすることになりました。体験入院をしていなかったら、両親は卓也君をとても入院はさせなかったでしょう。そしてお母さん自身も、入院することはしなかったでしょう。

以前と同じ付添いさんをたのんで、卓也君を入院させると、お母さんは自分も他の病院に入院したのでした。卓也君の入院した病棟では、悪い風邪が流行していて、卓也君は感染し、肺炎を起こしてしまいました。

卓也君はうつろな瞳をして、面会に行った私をみようともしません。生き生きとして、泣いたり笑ったりしていた卓也君は、一体どうなってしまったのでしょう。〝母子分離をした途端に死んでしまった例もある〟ときいたことが、思い出されました。お母さんは、卓也君がそんな有様だとは夢にも思わずに過ごしていました。

大好きになった付添いさんを特別にたのんだし、病院にいるのだし、何も心配することはないと思っているのでした。

二度目に面会に行くと、主治医も心配して、夜間はモニターテレビを設置したり、万全の注意を払っているのでした。卓也君にとって最高の主治医と、付添いさん、それに優しい病棟スタッフのお蔭で、卓也君は徐々に快方に向っていきました。

お母さんも、そのうちに退院できるようになりました。そんな時、医療ケースワーカーから、施設入所のすすめがありました。ちょうどベッドが空いたので、そのまま入所できるという話でした。病弱の老齢の両親を思えば、最も適切なアドバイスでありました。長期入所ということになるのではないかと、私は思いました。

その話をしに行くと、両親は考えていたことでもあったと思われました。しかし、結論ははっきりとしているのでした。

「いつかはお願いしなければならないとは思っていま

すが、今回は家に連れて帰りたいのです」

お母さんは、こうも言われました。

「面会に行って、卓坊、お家に帰ろうかと言ったら、いそいで居ずまいを正してね、家に帰るつもりになっているんですよ、卓也は……」

卓也君は幸せです。こんなにも両親に愛されて暮していています。卓也君が帰ってからも、訪問看護は続いています。

両親は、はじめて二人で三泊四日の旅行に出かけました。卓也君には、あのすっかりおなじみになった大好きな付添いさんをたのみました。

卓也君ははじめびっくりしましたが、家に迎えた付添いさんに甘えて、四日間をくらしました。

お母さんは旅行から帰って、「お父ちゃんとけんかしちゃった」などと打明けましたが、私は、いいなあと思いました。若い人達のようにけんかできたこと。

長い年月、つれそってきて充分知りつくしているはずだったのが、旅先で突然気づいたこと。そして無事に帰ってきたこと。


幸せって、何なのでしょう。こんなに良い子を持って幸せだといったら、お母さんは激しく頭を振られるでしょうか。こんなに温かい家庭を持てて幸せだといったら、お父さんはびっくりするでしょうか。

〝永遠の母性〟という言葉が、浮かんでは消えます。子供は、離れていくのが当然なのだけれども、離れてはいかない母子関係も――殊に重症児等ではあってもいいのではないかなどと、逆に言ってみたりしたくもなります。

でも、卓也君の場合は、「また、入院したい？」とたずねると、「うん」と、首をこっくりしていますから、そろそろ母子分離を彼の方から要求しているのかもしれません。家族は、残り少ないかもしれない三人のくらしを、あたりまえにまたくり返し始めて、今、静かです。

静かで、少しも変っていないようにみえます。少しも変ってはいないようでも、時と共に変ってきているのですが、なぜか、私にはこの三人のくらしが永遠に続くように思えてなりません。

詩を書くおばあさん

幼い頃、「大きくなったら何になる?」と聞かれて「先生になりたい」とか「お嫁さんになる」とか答えた人は多いと思う。私は「看護婦さんになる」といった覚えがある。そうして、気がついたら看護婦になっていた。又、別の時には、そう聞かれて「縁側で童話を読んでやっているおばあさんかな」と言った。すると、と言うわけでもないだろうが、なんと児童文学に興味を持ち、今は詩を書いたりしている。人は思ったようになるもののようだ。

初めて詩を書いたのは、小学校二年生の頃だった。ある種の登校拒否児童であった私に、詩のノートを作ってくださった先生がいた。黒板の横にそのノートはさげられて、いつでも気が向いた時に何か書き付けて置くようにというのだった。それがあるために、私は学校が嫌いでなくなった。私を特別に思ってくれる先生がいるということは、なんと心強い事だったろう。初めての集団生活は、わがままな子供にとっては大変つらい事だったので、自分がそこにいかなければならないということは、(先生とノートが待っているということは)学校に行くための重要な理由づけとなった。どうしようもない年寄りっ子が、温かい先生たちのお陰で集団生活に適応していく……。

昔の学校は、やさしかった。

どうやらこうやら学校生活になれて楽しくなってきたのは、級友との語らいや先生のまなざしによるものであった。

やがて私は、生意気な高学年となり、反抗的な中学生になった。中学の先生には、「試験問題の出し方が変だ」とか「教え方が失礼だ」とか、反抗してひどいことを言ったものであったが、その先生も、「君の言う事はもっともだ」と言われてご自分の態度を直されたりしたのであった。今考えると、なんと失礼な生徒であったのであろうと、冷や汗が出る。

昔の先生方は、包容力のある大人であった。

なかには詩を書いているということを真剣に捉えて、

詩人を紹介してくれたり、お手紙ごっこのような事をしてくれたりした先生もいた。

しかし、私の詩や文章は、自分のために書くものであった。初めは作文や日記を書き、友達や先生と手紙で文通をし、やがて雑誌に投稿するようになり……。そんな風にして私は詩や文学に親しんでいった。大人になっても、本を読むということが一番の愉しみとなっていった。辛い時には、自分の気持をノートに書くということで心の整理と解放をすることになった。


児童文学との出会いは、子供を育てていくうちにあった。

その頃、まど・みちおさんとあるご縁があって知り合った。まどさんは、子供にレコードや詩集などをくださった。まどさんの詩集『てんぷらぴりぴり』を読んで私はこんな世界があることを知り、子供のための詩の世界に入って行った。

熱中した私は、三人の子どもたちと一緒に、詩集や手作り絵本を作って遊んだりもした。


やがて私は「日本児童文学」という雑誌を知り、第八期児童文学学校に入った。そこで、童話や詩を書いている人達と友達になり、故大石真先生に連れられて、西荻窪の亀の子鮨の二階で月に一回開かれていた奎の会に入れていただいたのである。奎の会は故鶴見正夫先生が主催していた。児童文学者や編集者、書く勉強をしている者達の集まりであった。そこには、著名な方々がいた。私などは、畏れ多くて隅の方に小さくなっているだけであったが、毎回ゲストの方々のお話があり、ビールとお鮨が出るのであった。金の船社の斉藤社長の(野口雨情や西条八十の)話、まど・みちおさんのお話、ぽっぺん先生こと舟崎克彦氏、阪田寛夫先生や関根榮一先生はじめ六の会の先生方、寺村輝夫先生、岩崎京子先生、神沢利子先生、大石真先生、角野栄子先生、ゲストの先生方は、数え上げればきりがない。

奎の会がやがて終わりになり、土の会が出来た。これは書く者たちの勉強会であった。「しいど」という同人誌を、岩村和朗先生の表紙で出した。これも、鶴見先生のはからいであった。そうして、十年が過ぎていった。同人誌は十年までだよという鶴見先生のお言葉で、土の会も終わりになった。「今度は詩の雑誌をやろう」と、先生が菅原優子に言った。

同人誌「マグノリアの木」はそうして誕生した。しかし、その頃、鶴見先生は病気になってしまって、おっしゃっていたように参加はされなかった。

私は書きためた詩をまとめて詩集『まくらのひみつ』をリーブル社から出版した。リーブル社は、奎の会に来ていらした福井さんの始められた出版社で、鶴見先生が薦められたのであった。

あとがきを鶴見先生に書いていただいた。タイトルが、はじめは『かさぶたってどんなぶた』であったものを「そんなタイトルではいけない。汚いよ」という先生の言葉で『まくらのひみつ』に替えたのであった。

『まくらのひみつ』はわかやまけんさんの絵で、とても嬉しかった。おさめた詩は、子供たちを育てていく中で出会った言葉が多く、トイレの水が流れる時の怖さを訴えた娘や、怖がりでいつも泣いていたおばあさんっ子だった私自身の幼児体験などが、元になっている。

八十九頁の「サンタクロースがこない夜」は、鶴見先生が最後を直されたものである。

はじめは最後まで、サンタクロースがやってこないことをうたっていたのであった。それを読んだ鶴見先生は、「作者である山中さんは、サンタクロースが来ないなあと自分のことをうたっているんだよ」と、笑いながら言われた。そうして終わりの行を「サンタクロースさん　ここですよ、僕のおうちはここですよ」と呼びかけの形にするようにおっしゃられた。そうすることによってはじめて子供のための詩らしくなったのであった。

目からうろことは、こういうことであろうかと私は思った。

その頃の私の詩は、否定的な要素が多かった。あるとき、関根榮一先生が「この人は、マゾなんですね…」と冗談めかして言われた事があったが、成る程私の詩は悲劇的なものが多かった。私にとっての詩は、その当時、自分の境遇や生活からのある種の逃避でもあったからであろうか。当時私は、三人の幼児の母であり、寝たきりの姑とアル中気味の舅に使える嫁であり、住み込みの職人や主人の世話をする主婦であり、住み込みの職人がいなくなってからは、パートタイムの看護婦でもあった。自分の生活に疲れて、唯一つの逃げ場が、子供と詩の世界であったのだと思う。

しかし、書くということは、自分の感情を鎮め整理する事にもなる。

又、子供を育てるという事は、同時に自分をも育てる事なのでもあった。

子供を育てていく中で、子供がはじめて言葉を覚え、自分のものにしていく過程は新鮮な発見と驚きに満ちていた。私は自分の子供を育てながら、もう一度子ども時代の自分の心を取り戻し再び味わっているようであった。

それと共に自分の子供時代を考える時、私はきっと祖父母のことを思い出した。

戦争のせいで私はおじいさんおばあさんにあずけられて育ったのだが、老人が子供をみるということは、とても大変なことである。私は、亡き祖父母にせめて、感謝の気持を表しておきたいと思った。

そうして書いた一九九六年一月発行の「マグノリアの木」5号の「村のおもいで」―亡き祖父母に捧ぐ―を、阪田寛夫先生がほめて下さった。尊敬する先生にほめていただいた事が、励みとなり、私にもう一冊、あたらしい詩集ができあがった。

詩集『だあれもいない日～わたしのおじいちゃんおばあちゃん』は、その二年後にリーブルから発行されたのであった。この詩集は私の一生の思い出のために作ったのであったが、幸運にも第3回三越左千夫賞をいただいた。

私は、良い先生方、同じ道を志す仲間達とに会えて、幸せであった。そういう過程を経て、逃避的、悲劇的な内容から、明るく積極的な行動の気持も書く事ができるようになっていったのであった。

その一方で「マグノリアの木」の同人たちは、それぞれの強い個性に即した詩集を次々に出して行った。

そうしていつか、わたしは詩を書くおばあさんになっていた。

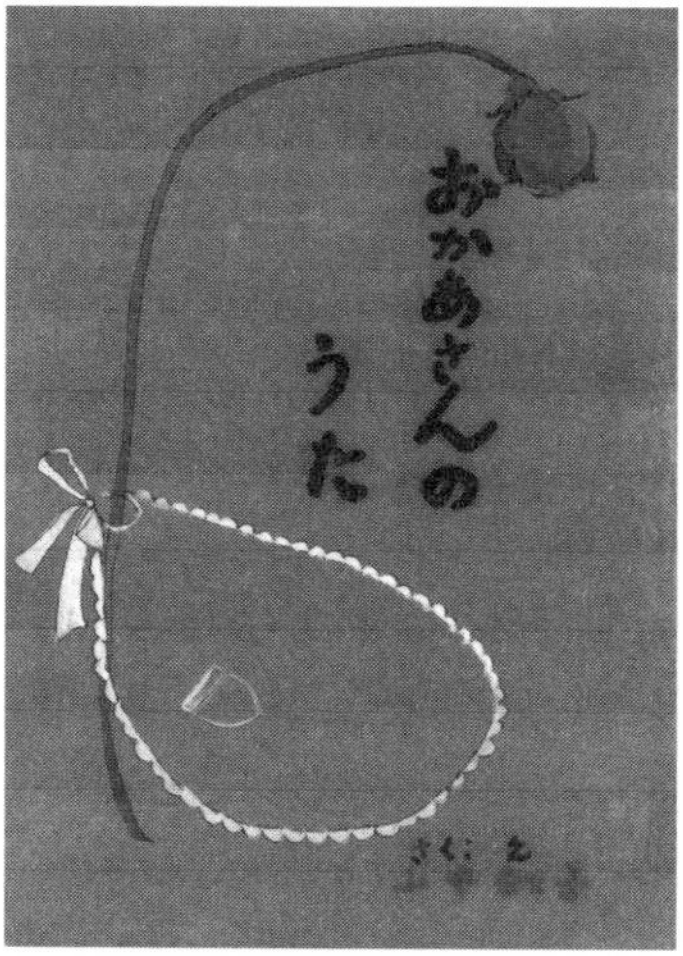

昭和 54 年 9 月 3 人の娘たちへ
子供にあてた 12 ページの詩の手づくり絵本

ザリガニそして太助じいさん

駒込駅のザリガニが、みえなくなった。

寒くなったので、冬ごもりをしたのだろうか。

私は、通勤で、山の手線の内廻りに乗るのだが、つい開かない方のドアに顔をおしつけるようにして、駒込駅の土手の下の側溝をのぞき込んでしまう。その側溝は、巣鴨あたりから続いているが、暗渠になっている所が多い。流れをみるのは、駒込駅だけである。

駒込駅は、さつきが美しく咲くので、有名な駅だが、ザリガニがいるのを発見したのは、二年程前である。

ちょうど、駒込駅のさつきの花が咲きほこり、盛りを過ぎる頃に、ザリガニは姿をみせた。暖かくなって、水もぬるみ、日向ぼっこでもするように、のんびりしていた。と、思うと、次にみた時は、まっ赤な色の奴だった。私は、都会のまん中の駅のホーム下のザリガニに、胸躍らせた。

なんとかして、その車輌のそのドアの所にいきたいと思った。

しかし、何しろ、ラッシュの車内なので、反対側のドアまでいくのは、無理な時が多かった。

側溝を見下ろせる位置にいけるのは、めったにはないのである。それに、帰りには、その逆になるので、見られるとすれば、朝だけなのであった。

ザリガニをみつけることは、めったにはなかったが、さつきの花が溝を流れていくのをみると、宮沢賢治の「やまなし」を思い出した。

又、さつきが終わると、緑の植え込みが一層深々と濃さを増し、今度はそのかげにドクダミの白い花が、可憐に咲いた。

水は枯れそうな時もあり、雨が降り続き濁って勢いのいい時もあった。

ザリガニは、子供を生んだらしかった。小さいのが二、三匹で、砂をまいあがらせて、すばやくチョロリと後ずさったのを、目の端にとらえたことがあった。

又、全くみられない日々が続いた。

ふと、さつきは消毒するのかなと、考えたりもした。さつきの消毒液が、側溝のザリガニ達を殺したのではないかと、心配なのだった。

そんな風にして、私は毎日、都心の老人ホームへ通った。

私は、電車の中で、「目白駅のスズメ」という詩を作り、又、「ぼくは電車にのっていた」という詩を作った。

勤めはじめた頃には、一時間もの暇があるのは、ただその通勤時間だけだと思い、その間に、詩を一つずつ作れたら、月に二十編もできるぞと思ったのだったが、それは無理なのがすぐわかった。ポカンと、車内広告をみたり、運良くドアの所までいけた時にはザリガニをさがした。

それから、勤め先の老人ホームの年寄りの一人一人を、思い浮べたりした。

実に様々な老人がいた。

一人として、似た人はいないのであった。

長い年月が、一人一人を、こんなにも違えてしまうのかと考えると、驚異を感じた。

寝たきりの人。しゃべれない人。

被害妄想の人。恍惚の人。

中に一人、うたう人がいた。

仮に名前を太助じいさんにしよう。

太助じいさんは、若い時、左官職人だった。病院から、ホームに移ってきた人だが、病院のナースが書いたらしい似顔絵が、看護申し送り書に、添えてあった。似顔絵つきの申し送り書というのは、はじめてだった。

多分、太助じいさんは、そちらの病院でも、人気があったに違いなかった。

じいさんのそばを通りかかって、声をかけると、必ずニコニコと返事をした。

笑わないある時は、

「せんせい、せんせい（何故か、看護婦をこう呼んだ）大変だあ、こんなあり様になってしまいましたよ」

と、叫んだ。

「どうしたの、こんな有様って……?」

と、たずねると、大便が出たというのであった。きれいにしてもらった後で、カーテンのユラユラするのをみて、こう歌った。

風の子　風の子
かわいや風の子　南の風の子
西へ流して　又　もどる

太助じいさんのそばへいくと、私はよく歌をねだった。歌う時も、歌わない時もあった。

オムツをたたんでいる寮母さんをみて、反物の歌というのを、歌ってくれたこともあった。

太助じいさんは、いつもひとりで、歌を歌っていた。その歌は、自然に口をついて出てくるのだった。そして、流れて消えていった。

目白駅でザリガニを探しながら、どんな環境の中でも自然にそれなりに生きているということが、とてもいいなあと思った。

私も、そのように、なにげなく書きたいと思った。私の詩を、ペンでもって……。

詩人の歩み

山中利子の参加した同人誌

山中利子（旧姓　廣澤）プロフィール

一九四二年一月二十一日　茨城県土浦市に生まれる。

一九四五年　終戦　海軍軍人であった父が農業を始めるために家族は航空隊近くの右籾に転居したが、家が建つまで祖父母とともに立田町で暮らす。

一九四八年　土浦市立中村小学校入学。病気がちで長期に学校を休むことがあった。本好きであった。

一九五四年　土浦市立第三中学校入学。

一九五七年　茨城県立土浦第二高等学校入学。放送部員となり、ディスクジョッキーをした。高瀬兼介主幹「いづみ」（日本女性文化協会）に詩や童話を投稿した。

一九六〇年　板橋日大付属看護婦養成所入学。卒業後、都立豊島高校定時制に編入し、高校卒業。戸石泰一先生の宮沢賢治論などに感動した。卒業時、答辞委員。国立療養所東京病院高等看護学院入学。療養所文学という言葉があり、島村喜久治、継眞、上田三四二等、文学に造詣が深い先生や医師や患者の影響を受ける。「文芸首都」に詩を投稿した。

一九六二年　卒業後、再び板橋日大病院で看護婦として働いた。

一九六五年　高田敏子主宰「野火の会」入会。板橋詩人会入会（長岡昭四郎会長）。板橋社会教育会館童話講座（堀秀男）を受講後、童話土筆の会主宰、同人誌「土筆」発行。

一九六八年　義妹がまど・みちおの長男と結婚。親せきとなった。まど・みちおから、詩集やレコードなどをいただき児童文学に大いに興味をもつようになる。

日本児童文学者協会第８期児童文学学校に入学。久保喬に指導をうける。修了後、大石真の紹介により鶴見正夫の「奎の会」入会。鶴見正夫顧問の「土の会」に参加。仲間たちと土の会同人誌「し・い・ど」発行。その後継誌「マグノリアの木」同人。

一九七九年　野火の会から詩集『早春の土手』（野火叢書67）発行。雑誌「パテーマ」に「訪問看護婦だより」連載。

一九八四年　詩集『ぼくは電車にのっていた』私家版。

一九八〇年代から九〇年代末期にかけて精神障害者のための社会適応訓練所として古書店きりん書房を運営。
一九八九年　詩集『空にかいた詩』ワカバヤシ企画。
一九九三年　詩集『まくらのひみつ』リーブル。
一九九八年　詩集『だあれもいない日―わたしのおじいちゃん　おばあちゃん―』リーブル（第三回三越左千夫賞受賞）。
二〇〇一年　詩集『こころころころ』いしずえ。
きりん書房休業。精神障害者家族会の会報「はすね会便り」を作る。
二〇〇三年　合同詩集『かぞくぞくぞく』（マグノリアの木の会）らくだ出版。
二〇〇六年　エッセイ集『かわいや風の子―重症心身障害児訪問看護便り―』日本出版制作センター。
二〇〇八年　合同詩集『そっとポケットの中に』（マグノリアの木の会）日本出版制作センター。詩集『遠くて近いものたち』てらいんく（第27回新美南吉児童文学賞受賞）。はすね会十周年記念誌「心のかけはし」作成。
二〇一〇年　詩誌「少年詩の学校」編集委員、三越左千夫賞選考委員（二〇一四年まで）。
二〇一二年　詩集『空に落ちているものあたしのためいき』四季の森社。「たべちゃうぞ」リーブル。
二〇一九年　童謡詩集『ガードレールの歌』株式会社ユー・エイド。紙芝居「カラスのカアタ」（絵、関としお）、「徳丸のたろう」（絵。滝波明生）、「おこん狐の話」（絵、滝波真理子）以上ユー・エイド。

現在、板橋区図書館ボランティア（朗読）、この本大好きの会会員、日本児童文学者協会会員。草創の会会員。

山中利子が投稿、参加した文芸誌・詩誌

詩人論・作品論

境界に立つ詩人

森くま堂

山中利子という詩人を思えば、なぜか異界を意識せざるを得ない。

たとえば、『だあれもいない日―わたしの　おじいちゃん　おばあちゃん』リーブル一九九八年「ねむるとき」では、おじいちゃん、おばあちゃんと川の字になって寝る山中が二人の会話に耳を澄ます。

「まなべのとくさんは　どうしただろう」「とくさんは死んだよ」「やきちさんはたっしゃだろうか」「上野村のやきちさんも二年半まえ死んだ」「そんじゃ　おしずねえさんは」「おしずさんはなあ　どうしているだか　しんだかもしれねえな　わしより四つも上だから」「なんまんだぶ　なんまんだぶ」「死んでしまった人たちが／わたしの上をいったりきたりする」と、幼い山中は恐ろしがるでもなく、あっけらかんと死者たちを語る。

同じく『だあれもいない日』の「ままごとあそび」ではどうだろう?

家のちかくに　おはかがあった／おはかは　小さい石造りの町のようで／いつも　しずかに陽がさしているのだった／おばあちゃんとおじいちゃんのお家／おとなりのあかちゃんのお家／おむかいも　そのおとなりも／しんとして　きれいだった／わたしは　野の花をつんできてかざり／どろまんじゅうをつくって／あちこちにそなえ／石段にこしかけて／どろのおまんじゅうや　はなびらごはん／みえない人たちにすすめてはたべた／黒いアゲハがのぞきにきたり／銀色のトカゲがみかげ石のうえ／首をかしげてじっとしてたり／おきゃくはつぎつぎにやってきた／みえない人たちの目くばせのように／緑の葉かげがちらちらしていた

「ねむるとき」では、行ったり来たりするだけのみえない人たちが、どろのおまんじゅうや、はなびらごはんを、すすめられて食べ、おままごとをいっしょに遊ぶ。実に、「ねむるとき」よりさらに積極的に、詩人は死者たちにかかわっているのだ。

山中は高等看護学校に進み、卒業後は訪問看護師の実経験を持つ。命の現場で出会った経験がより感性を磨いた側面はあるだろう。が、それにもまして幼いころの祖父母との暮らしで培われた子どもの目、この世あの世を自在に見通す目を持ち続けていることこそが、山中を山中利子という詩人たらしめているのではないかと感じる。

「すきなんだ」／へびがかえるをまちぶせして／「すきなんだ」って／告白したけど／かえるは／たべられちゃったのさ／すきだってことは／たべちゃいたいってことなんだって／ライオンは　しまうまを／うさぎは　クローバーを／とうさんは　かあさんを／すきなんだよ（『こころころころ』いしずえ二〇〇一年「すきだってことは」）

（すき）という観念が（食べる）という行動の異界へと、いきなりジャンプする。観念も行動も混沌の中に抱え込む幼い子の感性をもつ詩人ならではである。常識でがちがちに固まった大人に、飛ぶことはできない。

『こころころころ』よりさらに時がたった『そっとポケットの中に』（マグノリアの木の会）日本出版制作センター　二〇〇八年「野原があった」は、詩人は異界への汀に立ち、他者に影響を与えるまでになる。

野原の中、焼け落ちた廃墟に井戸がある。山中が、のぞきこむ井戸の中にも空がある。井戸の中のもう一つの空。異界そのものではないか。飛んできたバッタをひょういとつかんだ山中は、井戸の中に投げ込むのだ。「バッタは井戸の中の空へと飛んでいった」

これこそバッタが死の世界に飛翔した象徴であり、井戸をのぞきこむ詩人が生と死の境界でバッタの運命を握る者となった瞬間である。元来、七歳までの子どもは生死が不安定であったため、神の子とされこの世の存在とは認められなかった。神の子どもと同じ目を持つ山中であれば、見える景色があるのだろう。

今も、生と死の境界にあって宇宙を見渡す詩人山中利子は、現身をこの地上にすっくと立たせ、狭間から見る不思議を歌い続けている。その詩に触れたとき、私たちは、何重にも巻かれた常識から解き放たれ、鮮やかに表出した日常と地続きの異界に心を震わさずにはいられないのだ。

こどもの心に向き合う詩人

菊永　謙

1

山中利子の詩集『だあれもいない日』(リーブル)は少年詩の世界において大きな意義を持つ一冊であろう。幼い日に祖父母と共に一緒に暮らした日々を思い出し、感謝の思いを表わしたくて詩集を編んだと「あとがき」に記している。確かにこの詩集の主要な素材は幼い日々の祖父母との出来事を丹念に辿った作品で構成されている。遠い日の記憶のなかの祖父や祖母がリアリティを持って詩行化され、その集積によって大きな物語へと転換されている。各々の作品は平易なことばを用いて語られてはいるが、ひとの生きていく日々の営みについての深い問い掛けが浮かび上がってくる。

この詩集から心引かれる作品をいくつかあげれば、「くさけいば」「水晶のくびかざり」「ぞうきんのこと」「だあれもいない日」「夕ぐれの風」「犬のたろう」などである。そのいずれもが各々に深い味わいを持っている。今、いくつかの作品を読み解きながら、山中利子の世界へ立ち入ってみよう。ここに作品「犬のたろう」を引こう。

犬のたろう

おじいちゃんと犬のたろうと
となり村にいった
たろうは　わたしたちのあとになったり
さきになったりした
けれども　ひとこえよぶと
すぐにびゅうっとはしってきた
踏切をわたろうとしたとき汽車がきた
たろうは　踏切のむこうがわだった
「たろう　たろう」
おもわず　たろうをよんでいた
すると　おじいちゃんが

「よぶな」といった
「おまえがよぶと
たろうはどんなことがあっても
はしってくる
汽車にぶつかってもいいのか」
ごうごうと車両はつづく
わたしの胸は　はやがねのよう
わたしは目をとじ口もむすんで
「こないで　こないで　たろうこないで」
汽車のむこうのたろうのぶじを
ねがいつづけて　なきじゃくった

作品「犬のたろう」は、一読してわかりやすい詩篇である。誰しもが一度や二度は、同様の体験を持っていよう。それは子どもの頃の記憶であったり、あるいは、大人になってからの経験であるかもしれない。この作品に描かれるひやっとした経験は、多くの人が共通して持っている。だがその場面の再現とその前後の心理を、言葉を用いて組み立てることはなかなかにむずかしい。ひとつの体験から作品を書き始め、感情に流されず臨場感を伴ってドラマを叙述し、ある言いがたい情緒をそこに漂わせ定着させる、もしくは、読み手にそれを想起させ、感受させるには、それなりの技術や仕掛けが求められている。

冒頭の場面設定が巧みで、さりげなく作品の主題へと導いてくれる。「わたしたち」のあと先になって走ってくる犬の描写、呼ぶとすぐにびゅうっと走ってくる犬の姿態の提示が、作品全体の流れを生み出している。日頃はやさしい祖父が、いつになくきびしい口調で「よぶな」という。この制止のひびきが、ドラマを構成する。〈おまえがよぶと／たろうはどんなことがあっても／はしってくる／汽車にぶつかってもいいのか〉。犬と孫と祖父との緊張した時間の流れ。ごうごうと走っていく車両、その長い通過の時間。そこに暗示される心理劇。愛犬の生命をめぐって、子どもと大人とが、一体となって、向き合っている一篇といえようか。

この詩の魅力は何だろうかと、改めて問い直してみる。すると、自然な時間の流れに気付く。踏切の場面において、子どもが「おもわず、たろうをよんでいた」のも、ごく自然な行為であろう。また、人生の経験を重ねている祖父が、とっさに「よぶな」とさえぎったのも自然な行為であろう。ここには不自然さがほとんど感じられない。山中利子の詩の力は、ここら辺にあるのだろう。先回りした大人としての知恵を、予定調和や押し付けとして子どもたちに無理に理解させようとするある種の臭いが、ほとんど生じてはいない。少年詩が本来的に詩であるための大きな要件が、ここに提示されているように思う。大人と子どもが各々の立場で、愛犬の命に向き合って、均等の思いや時間を保っている。命の本来の有り様について、詩人は、何も押し付けることなく、その問いと答えを私たち読み手に委ねている。

詩集『だあれもいない日』の他の作品においても、子どもと大人の対等の向き合いは見い出せる。本書に所収されている作品「水晶のくびかざり」を一読されたい。高価な水晶の首飾りを子どもが欲しがって、だだをこねている。どうしても首飾りの欲しい子どもは、大通りにひっくりかえって大きな声で泣きじゃくる。おばあちゃんは代わりに買ってあげられる品物の名前を次々と話してなだめる。孫と祖母が互いに対等に向き合ってやりとりしている。やがてお日さまが雲間から顔を出してイチョウの葉がまぶしく輝き、子どもの「わたし」は首飾りのことも忘れて、大きなイチョウの木を二人して見上げて笑い合う。移ろいやすい子どもの心理の描写と共に祖母と共有したうつくしい秋の日の思い出が描かれている。

もうひとつ、すぐれた作品「くさけいば」にも触れておこう。村で行われる草競馬に祖父と出掛けた日の思い出が描かれている。馬たちが一列になって地ひびきをたて、たてがみをなびかせて走ってくる。はげしく息を吐き走ってきたばかりの馬、そのひかる馬に触りたく思う少女。その思いを以心伝心で感じとった祖父は馬丁の人に言葉を告げる。そして、汗にぬれたかたい馬の毛に触れた少女。その出来事を通して、少女の記憶のなかで、馬と共に祖父は永遠の存在の場所を与えられることとなる。今ここに紹介した三篇は、ものや出来事を媒介にしながら、子どもと大人が等しく向き合いを保ちつつ、生きて在ることの感触を互いの手で心で共有している関係が見い出せそうな気がする。それは同時に、もはや遠く過ぎ去った時間、ふたたび相まみえることの出来ない想い出の時間ゆえに、一層の輝きを放っているのだろう。

もう一つの見方をすれば、日々の生活や仕事に忙しい親と子の関係では見出せない時間の流れが、祖父母と孫の関わりの中にはあるのかもしれない。少々、理屈めいて云えば、命のやがて果てることをよく知る者とその命の気脈を生き継ぐ者との奇妙な波長の重なり、もしくは、奇妙な時間の交差が、ここには見えかくれしているように思える。

2

詩集のタイトルにもなった詩作品「だあれもいない日」は、やはり重要な意味を持っているのだろう。作品は、みんなと遊んでいた時に私は田んぼへ落ちてしまう。一人泣きながら少女は家に帰るが、〈だあれもいなかった〉。祖父も祖母も親戚の家へ行って、まだ帰っていなかったのだ。だれもいない家で一人泣いていると、〈トンボも／みんみんないていたセミも／大きな黒いアゲハチョウも／みいんな　やっぱりとびさっていった〉。じりじりとさす陽の下で、ただただしいんと静まりかえった光景が描き出される。祖父母のいない午後の時間がさりげなく鮮やかに描かれている。この詩行は詩集後半に置かれた作品「ままごとあそび」と深く照応していると云えよう。

作品「ままごとあそび」には、お墓で野の花を飾ったり、どろまんじゅうをお供えする少女の遊びが描かれている。わたしは〈石段にこしかけて／どろのまんじゅうやはなびらのごはん／みえない人たちにすすめてはたべた／黒いアゲハがのぞきにきたり／銀色のトカゲがみかげ石のうえ／首をかしげてじっとしていたり／おきやくはつぎつぎにやってきた〉と詩行は語られる。この詩行を読む時に、おじいちゃんもおばあちゃんも家にいなかったあの夏の日の、静まりかえった午後の光景のうちに、やがて少女に訪れる祖父母との別れが予告されていたのだと、私たちは知らされる。祖父母との楽しい思い出や出来事を語り重ねながら、やがて訪れる祖父母の死が秘められていたと云えよう。

今詳しくは論じられないが、詩集において、祖父は朝と晩に仏壇の前にすわってお経をあげる信仰心の深いひととして描かれ、祖父母は眠る前に、身近な年寄りたちの安否を語り合って死者に念仏をつぶやく。作品「夕ぐれの風」では、夕焼ける西の空を祖母がいつまでも見つめ、夕闇が降り暗くなるまでたたずむ光景が描かれている。西方浄土を願う日常的な風景とも読み取れるなど、この詩集には色濃い日々の仏教信仰の光景がさりげなく描かれているのも大きな特色といえよう。詩集『だあれもいない日』には、平明な言葉で幼い日の祖父母との思い出が楽しく切なく語られているが、その底流には、ひとが生まれ、さまざまな出来事に出会い、次代を担う命を育くみ、やがて消えていく大きな営みについての問い掛けが秘されているように思われる。同時に、詩作品の集成によって、大きな物語を形成するすぐれた試行性のある詩集の誕生として記憶したい。

3

今少し山中利子の詩との出会いやその歩みについて記しておこう。山中利子は高校を卒業した後に、看護師の道へ進んでいる。同時に少女時代に芽生えた文学への憧れも少しずつ育んでいる。二〇〇三年に刊行された評論アンソロジー『少年詩・童謡の現在』(てらいんく)に所収の彼女のエッセー「詩を書くおばあさん」は、山中利子の詩や童話への接近とその後の歩みを率直に書き記している。

彼女のエッセーから、一部を紹介しておこう。〈初めて詩を書いたのは、小学校二年生のころだった。ある種の登校拒否児童であった私に、詩のノートを作ってくださった先生がいた。黒板の横にそのノートはさげられて、いつでも気が向いたときに何か書き付けておくようにというのだった。それがあるために、私は学校が嫌いでなくなった。〉と記している。祖父母に大事に育てられた子どもが、初めての学校という集団生活になじむことはつらいことであったであろう、その時に自分のことを大事に思い受け入れてくれる先生がいるということが、学校嫌いの子どもを変容させ集団生活へと導いてくれたという。中学や高校時代においても、自分のその時々の思いを日記や詩に綴っていた少女は、当時発行されていた高瀬兼介の主宰していた雑誌「いづみ」などに詩を投稿するようになっていく。

彼女は看護師として働き、結婚した後にも高田敏子が主宰した野火の会に入会して、詩を書き続け、やがて、一九七八年頃に児童文学者協会主催の第八期の「日本児童文学学校」に学んでいる。詩や童話の創作教室において、童話を書く友人たちと出会い、児童文学作家の大石真に紹介されて、児童文学の世界へと立ち入って行く。西荻窪にある「亀の子」鮨の二階で、月に一回開かれていた詩人の鶴見正夫の主宰する「奎《けい》の会」に加わっている。その会は、阪田寛夫や関根栄一、神沢利子、岩崎京子、寺村輝夫、まど・みちおらがゲストとして招かれて、いろいろな話をし児童文学を語り、学ぶ集まりであった。その会の参加者たちによって、詩と童話の同人誌「し・い・ど」が生まれている。その十年の後には後継の誌として、詩誌「マグノリアの木」が誕生している。詩誌「マグノリアの木」には川端律子、岩佐敏子、山中利子、佐藤直子、野田沙織などが参加しそれぞれにつよい個性を発揮した作品を発表し合って、各々の少年詩や童謡の世界を作り出している。

4

山中利子の詩の独自性として、非日常性やファンタジックな詩行がいくつも読み取れるところに注目したい。詩集『こころころころ』（いしずえ）や新美南吉賞受賞の『遠くて近いものたち』（てらいんく）に所収の作品「風とハンカチ」「いちょう並木」「樹上のねこ」「あした」「きつね」「ねこ」などを読むとき、彼女が童話の世界の住人であり、あるいは、現実の社会や世界を飛び越えて、非日常や幻想の世界に心を遊ばせるひとであると気付かされる。例えば、「風とハンカチ」において、風に向って手を広げ「風がすき」と告げると、私のハンカチは大きな雲の上にチョコンと乗って、私に雲の上までおいでと手招きすると物語る。

私の心引かれる作品「いちょう並木」も幻想的で味わいが深い。春先の新芽がびっちりと光っているいちょう並木。新芽の枝々が春の月をささえ、空の方へ月を押し上げ転がそうとしているという。月がゆっくりと天空へと登っていく様子をファンタジックに表現している。それ故に、春の月には、すこし銀色のひっかききずが、付いているという表現も確かなリアリティを帯びている。

作品「樹上のねこ」も彼女の代表作の一つであろう。初夏の、あるいは、暑い夏の日の木の上に昼寝をしている猫、木もれ日のちらつくなか樹上で眠りこけながら笑っている猫が描かれている。〈ふっと枝がゆれると／鳥みたいに飛び上がろうとして／おや、鳥ではなかったと〉思い直して、またうとうとと眼を閉じて、〈みどりいろに／すけていく〉猫をユーモラスに描いている。時折、私たちも見掛ける日常にありふれた猫の姿を、幸福な猫としてさわやかに描いている。彼女に飼われているネコたちも、きっと幸せなのだろう。緑の濃い季節のさわやかで心温まる詩篇として広く愛され読み継がれていくだろう。

山中利子について詩集『まくらのひみつ』（リーブル）の解説のなかで、詩人の鶴見正夫が的確に鋭く次のように記している。

〈彼女に接しながら、私はしだいに、自分がためされているような緊張感を覚えました。つつましく、しかもにこやかに語りながら、〝心眼〟とでもいうような、こちらには見えない鋭い目で見据えられている感じがしたのです。今にして思えば、その〝目〟こそが山中さんの内に沈む謎めいた部分であり、平易な言葉でさりげなく、一瞬ぎくりとさせながら爽やかに、そして澄明に、人の心にとびこんでくる彼女の詩の、豊かな源泉なのかもしれません〉と明確に記している。

一九九三年詩集発行時の指摘である。この一文には詩人の目でとらえられた山中利子の本質が言い当てられている。見えない鋭い目で見られているのを、私などもふとした時に感じるのである。彼女は若い日に看護師として、さまざまな病気の人々や死者に接して来て、生きていくことの大変さや困難さと同時に素晴らしさも常々実感し続けて来たのだろう。そのことも彼女の観察力や詩作に相応の影を落としているように覚える。
　彼女のたくさんの詩や童話を読みながら、多くの子どもたちの心に明るい光を放つすばらしい作品「あした」を引いて、この拙い稿を終えようと思う。

あした

あした　遠くに行ってしまおう
あるいて　歩いて
すこしはやすんで
あるいていくと
お日さまがでて
風もすこしは　ふいてきて
のら犬なんかもあるいてきて
こんにちは　わんわん
いっしょにいこうよっていうかもしれない

あるいていくと
川にであって
さかななんかもおよいでいて
ちいさな舟もうかんでいて
いぬとぼくとは舟にのるんだ
いぬはしっぽでつりをしながら
ぼくは　くちぶえふきながら
とおくへ　とおくへいってしまおう

しかられた時
考えること
けんかしたとき
おもうこと

現代こども詩文庫　1

山中利子詩集

発行日　２０２１年２月25日　初版第一刷発行

著者　山中利子
企画・編集　菊永　謙
カバー絵　大井さちこ
装丁　落合次郎（原案）＋廣田稔明

発行者　入江真理子
発行所　四季の森社
〒１９５－００７３
東京都町田市薬師台２－21－５
電話０４２－８１０－３８６８
ＭＡＩＬ　sikinomorisya@gmail.com

印刷　シナノ書籍印刷株式会社
ISBN978-4-905036-24-1　C0392